El cartero llama dos veces

emecé el séptimo círculo

James M. Cain

El cartero llama dos veces

colección creada por

Jorge Luis Borges y
Adolfo Bioy Casares

Traducción de Federico López Cruz

emecé editores

813 Cain, James
CAI El cartero llama dos veces.- 1ª ed. –
Buenos Aires : Emecé, 2003.
160 p. ; 20x12 cm.- (El séptimo círculo)

Traducción de: Federico López Cruz

ISBN 950-04-2454-1

I. Título – 1. Narrativa Estadounidense

Emecé Editores S.A.
Independencia 1668, C 1100 ABQ, Buenos Aires, Argentina

Título original: *The Postman Always Rings Twice*

Diseño de cubierta: *Eduardo Ruiz*
Diseño de interior: *Orestes Pantelides*
1ª edición: 7.000 ejemplares
Impreso en Grafinor S. A.,
Lamadrid 1576, Villa Ballester,
en el mes de marzo de 2003.

IMPRESO EN LA ARGENTINA / PRINTED IN ARGENTINA
Queda hecho el depósito que previene la ley 11.723
ISBN: 950-04-2454-1

NOTA DE LAS EDITORAS

En esta reedición de la colección El Séptimo Círculo se han respetado las traducciones originales, revisando sólo aquellos casos puntuales en que algunos términos o expresiones pudieran resultar demasiado antiguas o ajenas para el lector.

En cuanto a las noticias biográficas de los autores, se mantuvieron las originales escritas por Jorge Luis Borges y Adolfo Bioy Casares, a las que sólo se les agregaron, en nota al pie, algunos datos faltantes.

Noticia

James M[allaham] Cain[1] nació en Annapolis, Estados Unidos de Norteamérica en 1892. Fue periodista; trabajó en el *American* y en *Sun*, de Baltimore; fue redactor de *World*, de Nueva York. Colabora en el *American Mercury*. Escribe para el cinematógrafo. Es autor de las novelas *Double indemnity*, *Serenade*, *The embezzler*, *Career in C Major*, *Love's Lovely counterfeit*, *Mildred Pierce*.

Cain —tal vez el más genuino representante de la escuela norteamericana de *tough writers* (escritores duros)— sobresale en la invención y descripción de caracteres brutales y de situaciones de apasionada violencia. Su estilo es siempre servicial y eficaz.

J. J. B. y A. B. C.

[1] James M. Cain murió en Hyattsville, Maryland, en 1977.

1

A ESO DEL mediodía me arrojaron del camión de heno. Me había subido a él la noche anterior, en la frontera, y apenas me tendí bajo la lona quedé profundamente dormido. Estaba muy necesitado de ese sueño, después de las tres semanas que acababa de pasar en Tijuana, y dormía aún cuando el camión se detuvo a un costado del camino para que se enfriase el motor. Entonces vieron un pie que salía debajo de la lona y me arrojaron al camino. Intenté hacer unas bromas, pero el resultado fue un fracaso y comprendí que era inútil esperar algo. Me dieron un cigarrillo, sin embargo, y eché a andar en busca de algo para comer.

Fue entonces cuando llegué a la fonda *Los Robles Gemelos*. Era una de las tantas que abundan en California y cuya especialidad son los sándwiches. Se componía de un pequeño salón comedor, y arriba las dependencias de la vivienda. A un costado había una estación de servicio y un poco más atrás media docena de cobertizos, a los que llamaban playa de estacionamiento. Llegué allí rápidamente y me puse a mirar el camino. Cuando salió el dueño, le pregunté si había visto a un hombre que viajaba en un Cadillac. Le dije que ese hombre debía reunirse conmigo allí, donde almorzaríamos. Me contestó que no. Inmediatamente tendió una de las mesas y me preguntó qué deseaba comer. Le pedí jugo de naranja, huevo frito con jamón, torta de maíz, panqueques y café. Poco después, el dueño estaba de vuelta con el jugo de naranja y la torta de maíz.

—Oiga... Espere un momento. Tengo que decirle algo. Si ese amigo que estoy esperando no viene, tendrá que fiarme todo esto. La verdad es que él debía pagar y yo ando un poco escaso de fondos.

—Está bien. Coma tranquilo.

Me di cuenta de que me había calado y dejé de hablar del amigo del Cadillac. Poco después sospeché que el dueño quería decirme algo.

—¿Qué hace usted? ¿En qué trabaja?

—En lo que cae; cualquier cosa que sea. ¿Por qué me lo pregunta?

—¿Qué edad tiene?

—Veinticuatro años.

—Joven, ¿eh? Un hombre joven como usted me sería muy útil en estos momentos.

—Buen negocio éste que tiene usted aquí.

—El aire es muy bueno. No tenemos niebla como en Los Ángeles. Ni un solo día de niebla. El cielo está siempre limpio. Da gusto.

—De noche debe de ser precioso. Ya me parece sentir el aroma ahora mismo.

—Sí, se duerme espléndidamente. ¿Sabe algo de automóviles? ¿Entiende de arreglo de motores?

—¡Claro!... Soy un mecánico nato.

Siguió hablándome del espléndido clima, de lo fuerte que estaba desde su llegada al lugar, y de cuánto le extrañaba que los empleados no le durasen. A mí no me extrañaba, pero seguí comiendo.

—¿Qué? ¿Le parece que le gustaría quedarse aquí?

Yo ya había terminado de comer y estaba encendiendo el cigarro que me había dado.

—Le diré —respondí—: la verdad es que tengo dos o tres proposiciones. Pero le prometo pensarlo. Le aseguro que lo pensaré.

Entonces la vi. Hasta ese momento había estado en la cocina, pero entró en el comedor para levantar la mesa. Salvo su cuerpo, en verdad, no era ninguna belleza arrebatadora, pero tenía una mirada hosca, y los labios salidos de un modo que me dieron ganas de aplastárselos con los míos.

—Le presento a mi esposa.

Ella no me miró. Hice una ligera inclinación de cabeza y una especie de saludo con la mano en que tenía el cigarro. Nada más. Se fue con la vajilla. En lo que al dueño y a mí se refería, era como si ni siquiera hubiese estado allí.

Casi en seguida me fui, pero cinco minutos después estaba de vuelta, para dejar un mensaje al amigo del Cadillac. El dueño tardó media hora en convencerme de que debía aceptar el empleo, y al fin me encontré en la estación de servicio, poniendo en condiciones unos neumáticos.

—Diga, ¿cómo se llama?

—Frank Chambers.

—Yo, Nick Papadakis.

Nos estrechamos la mano y se fue. Un minuto después lo oí cantar. Tenía una voz espléndida. Desde la estación de servicio podía ver perfectamente el interior de la cocina.

2

A eso de las tres llegó un hombre que estaba furiosísimo porque alguien le había pegado un papel engomado en uno de los parabrisas del coche. Tuve que ir a la cocina a sacarlo con vapor de agua.

—Está haciendo torta de maíz, ¿eh? Ustedes saben hacerla muy bien.

—¿Ustedes? ¿Qué quiere decir? —preguntó ella.

—Pues... Usted y el señor Papadakis. Usted y Nick. La que me sirvieron en el almuerzo estaba riquísima.

—¡Oh!...

—¿Tiene un trapo para coger esto?

—No es eso lo que usted quiso decir.

—Sí, ¿por qué no?

—Usted cree que yo soy mexicana.

—Ni se me ocurrió.

—Sí, sí. Y no es usted el primero. Pero, escúcheme. Soy tan blanca como usted, ¿sabe? Es cierto que tengo el cabello negro y que puedo parecerlo, pero soy tan blanca como usted. Si usted quiere andar bien por aquí, no olvide eso.

—Pero usted no parece mexicana.

—Le digo que soy tan blanca como usted.

—No, usted no tiene nada de mexicana. Todas las mexicanas tienen caderas anchas y piernas mal formadas, y senos hasta el mentón, piel amarillenta y los cabellos que parecen untados con grasa de cerdo. Usted no tiene nada de eso. Usted es menuda, tiene una linda piel blanca y sus cabellos son suaves y rizados, aunque sean negros. Lo único que tiene usted de mexicana son los dientes. Todas tienen dientes blanquísimos, hay que reconocérselo.

—Mi apellido de soltera es Smith. No es un nombre que suene a mexicana, ¿verdad?

—No mucho.

—Además, ni siquiera soy de aquí. Vine de Iowa.

—Smith, ¿eh? ¿Y su nombre de pila?

—Cora. Puede llamarme por él, si quiere.

Entonces tuve la certeza de aquello sobre lo cual simplemente me había aventurado al entrar en la cocina. No eran las tortas de maíz que tenía que cocinar ni el pelo negro lo que le daba la sensación de no ser blanca; era el hecho de estar casada con ese griego, y hasta parecía temer que yo la llamara señora de Papadakis.

—Muy bien, Cora. ¿Qué le parece si usted me llama Frank?

Se acercó y empezó a ayudarme. Estaba tan cerca de mí que yo podía sentir su olor. Y de pronto, aproximando mi boca a su oído, le pregunté:

—¿Cómo es que se casó con ese griego, Cora?

Ella dio un salto, como si le hubiese cruzado las carnes con un látigo.

—¿Le importa a usted eso?

—Sí. Mucho.

—Ahí tiene su parabrisa.

—Gracias.

Salí. Había logrado lo que deseaba. Acababa de lanzarle un directo bajo la guardia y estaba seguro de que el golpe había surtido efecto. En adelante, ella y yo nos entenderíamos. Tal vez no dijese que sí, pero estaba seguro de que no se opondría. Sabía lo que yo quería y sabía también que me había dado cuenta de los puntos que calzaba.

Aquella noche, mientras cenábamos, el griego se enojó con ella porque no me dio más papas fritas. El hombre quería que yo estuviese a gusto allí para que no me fuese, como lo habían hecho los otros.

—Sírvele más.

—Ahí están sobre el hornillo. ¿Acaso no puede servirse él mismo?

—No importa —atajé—. Todavía no acabé con esto.

Pero el griego insistió. De haber tenido un poco de seso, hubiera comprendido que tras de aquello había algo, porque su mujer no era de las que dejan que uno se sirva solo. Pero era un pobre idiota y siguió refunfuñando. Estábamos sentados a la mesa de la cocina, él en un extremo, ella en el otro y yo en medio. Yo no la miraba, pero veía su vestido. Era uno de esos guardapolvos blancos de enfermera como los que siempre usan las mujeres, ya trabajen en el consultorio de un dentista o en una panadería. Había estado limpio a la mañana, pero ahora se hallaba un poco ajado y sucio. Nuevamente, volví a sentir su olor.

—Sirve de una vez y acabemos la discusión —dijo el griego.

Ella se levantó a buscar las papas. Su guardapolvo se abrió un instante y vi una de sus piernas.

Cuando me sirvió las papas, no las pude comer.

—Eso sí que está bueno —exclamó el griego—. Después de tanto discutir, ahora no las quiere.

—Bueno. Pero si las quiere, ahí las tiene —terció ella.

—No tengo apetito. Comí mucho al mediodía.

El griego se portó como si hubiese ganado una gran victoria y ahora la perdonara, comprobando con ello que realmente era un gran tipo.

—Es una buena muchacha. Mi pajarito blanco. Mi palomita blanca.

Me guiñó un ojo y se fue al piso superior. Ella y yo nos quedamos solos, sin decir palabra. Cuando bajó, el griego traía una botella y una guitarra. Nos sirvió un poco de la bebida, pero era uno de esos vinos griegos dulces y me cayó mal. Empezó a cantar. Tenía una voz de tenor, no como esos tenorcitos que se oyen por radio, sino de un gran tenor, y en los agudos ponía una especie de sollozo, como en los discos de Caruso. Pero ahora no podía escucharlo. Cada minuto que pasaba me sentía peor.

El griego observó mi cara y me llevó afuera.

—Aquí, al aire libre, se sentirá mejor.

—No es nada. Dentro de un instante estaré bien.

—Siéntese y no se mueva.

—Entre y no se preocupe por mí. Lo que pasa es que hoy he comido demasiado. No es nada.

Entró, y un segundo después vomité todo lo que había comido. Pero no era por el almuerzo, ni por las papas, ni por el vino. Era que ansiaba tan desesperadamente a aquella mujer, que ni siquiera podía retener nada en el estómago.

A la mañana siguiente descubrimos que el viento había arrancado el letrero de la fonda. A eso de medianoche había empezado a soplar, y a la madrugada ya era un vendaval que se llevó el letrero.

—Mire esto. ¡Qué ventarrón!

—Sí, ha soplado tan fuerte que no pude dormir. No dormí en toda la noche.

—Sí, sí, pero mire el letrero.

—Está destrozado.

Empecé a trabajar para ver si era posible arreglarlo. El griego se me acercó para mirar.

—¿Dónde hizo preparar este letrero?

—Estaba aquí cuando compré el negocio. ¿Por qué?

—No vale nada. Me asombra que con esto atraiga a un solo cliente.

Me fui a cargar gasolina a un coche y lo dejé solo para que meditase sobre lo que acababa de decirle. Cuando regresé, todavía estaba mirando el letrero que yo había apoyado contra la fachada de la casa. Tres de las lamparitas eléctricas se habían roto. Conecté la clavija, y la mitad de las lamparitas que quedaban no se encendieron.

—Le pondremos luces nuevas y lo colgaremos otra vez. Así quedará muy bien.

—Usted manda.

—¿Por qué? ¿Qué tiene el letrero de malo?

—Es anticuado. Nadie les pone luces ya a esos letreros. Ahora se usan los de neón. Se destacan más y gastan menos corriente. Éste no vale nada. Fíjese. ¿Qué dice? *Los Robles Gemelos*. Nada más. La palabra "Fonda" no tiene lamparitas. *Los Robles Gemelos* no abren el apetito ni le dan ganas a uno de detenerse a descansar un rato y pedir algo para comer. Ese letrero le está haciendo perder ventas; sólo que usted no se ha dado cuenta.

—Arréglelo como le dije y quedará bien.

—¿Por qué no manda hacer uno nuevo?

—No tengo tiempo.

Pero poco después volvió con un pedazo de papel. Había dibujado un plano de letrero luminoso, coloreado con lápiz azul, blanco y rojo. Decía: *Los Robles Gemelos, Fonda y Parrilla*, y *N. Papadakis, Propietario*, y *Salón Comedor*.

—¡Éste sí que atraerá a los que pasen, como la miel a las moscas!

Corregí algunas palabras que tenían errores de ortografía y él les agregó unos ganchitos muy artísticos a las letras.

—Nick, ¿para qué vamos a colgar el letrero viejo? ¿Por qué no se va hoy mismo a la ciudad para que le hagan éste nuevo? Créame que es muy bonito. Además, esto del letrero tiene gran importancia. Un negocio vale tanto como su letrero, ¿no le parece?

—Lo haré hoy mismo.

Los Ángeles estaba a sólo unos treinta kilómetros de distancia, pero Nick se arregló y acicaló como para un viaje a París y se fue inmediatamente después del almuerzo. En cuanto desapareció su coche en una vuelta del camino, cerré la puerta de calle con llave. Tomé un plato que estaba sobre una de las mesas y lo llevé a la cocina. Ella estaba allí.

—Aquí le traigo este plato que había quedado olvidado en el comedor.

—¡Oh!, gracias.

Me senté. Ella estaba batiendo algo en un plato con un tenedor.

—Pensaba ir a Los Ángeles con mi marido, pero empecé a cocinar esto y me pareció mejor quedarme.

—Yo también tengo mucho que hacer.

—¿Ya se siente mejor?

—Sí, estoy perfectamente bien.

—A veces, cualquier cosa puede hacerle daño a uno. Un cambio de agua, algo así, ¿verdad?

—Probablemente fue que comí demasiado en el almuerzo.

—¿Qué ha sido eso?

Alguien repiqueteaba con los nudillos en la puerta de calle.

—Parece como que alguno quisiera entrar.

—¿Está cerrada con llave la puerta, Frank?

—Sí, debo haberla cerrado.

Me miró y palideció. Fue a la puerta de vaivén y miró. Después atravesó el comedor, pero al cabo de algunos segundos ya estaba de vuelta.

—Parece que se fueron.

—No sé por qué se me ocurrió cerrar con llave.

—Y a mí se me olvidó ahora abrirla...

Dio un paso hacia el comedor, pero la detuve.

—Dejémosla... cerrada como está.

—Pero así no podrá entrar nadie... Tengo que cocinar esas cosas... Lavaré este plato...

La tomé en mis brazos y aplasté mis labios contra los suyos...

—¡Muérdeme! ¡Muérdeme!

La mordí. Hundí tan profundamente mis dientes en sus labios, que sentí su sangre en mi boca. Cuando la llevé arriba, dos hilillos rojos corrían por su cuello.

3

Quedé como muerto por espacio de dos días, pero como el griego estaba enojado conmigo, salí bien del paso. Se enojó porque yo no había arreglado la mampara que comunicaba el comedor con la cocina. Cora justificó la herida diciendo que la puerta la había golpeado en la boca. Era imprescindible darle alguna explicación. Sus labios estaban hinchados por el mordisco. El marido me echó la culpa por no haber arreglado la puerta. Estiré el muelle para quitarle parte de la fuerza y el asunto quedó así.

Pero el verdadero motivo de su enojo no era ése, sino el letrero luminoso. Se había entusiasmado tanto con la idea, que temía que yo me apropiase de ella robándole su paternidad. El letrero era tan complicado que no fue posible hacerlo aquella misma tarde. Les llevó tres días terminarlo, y cuando avisaron que estaba listo fui a buscarlo y lo coloqué. Tenía todo lo que Nick había dibujado en el papel y algunas cosas más: una bandera norteamericana y otra griega, dos manos que se estrechaban y las palabras "¡Saldrá satisfecho!" Las letras eran rojas, blancas y azules, y esperé a que oscureciese para encenderlo. Cuando lo hice, se encendió como un árbol de Navidad.

—Nick, confieso que he visto muchos letreros luminosos en mi vida, pero ninguno que se parezca a éste. Tengo que reconocerlo, Nick.

—¡Vaya, vaya!

Nos dimos la mano. Éramos amigos otra vez.

Al día siguiente estuve un instante a solas

con ella, y le golpeé uno de los muslos con el puño, tan fuerte que casi se cae.

—¿Por qué eres tan bruto? —me preguntó, gruñendo como un puma.

Me gustaba verla así.

—¿Cómo te va, Cora?

—¡Como el demonio!

Desde entonces comencé a sentir de nuevo su olor.

Un día el griego se enteró de que un individuo se había establecido algo más cerca de la ciudad, sobre el mismo camino, y le estaba quitando ventas de gasolina. Subió al coche para ir a investigar el asunto. Yo estaba asomado a la ventana de mi habitación cuando se fue, y me volví para bajar corriendo a la cocina. Pero ella ya estaba allí junto a mi puerta.

Me acerqué y le miré la boca. Era la primera oportunidad que se me presentaba de hacerlo. La hinchazón había desaparecido, pero las marcas de mis dientes eran visibles todavía: rayitas azuladas en ambos labios. Los toqué con los dedos. Eran suaves y húmedos. Los besé dulcemente, con pequeños besos suaves. Hasta entonces nunca había pensado en besarla así.

Se quedó conmigo hasta que regresó el griego, aproximadamente una hora más tarde. No hicimos nada. Simplemente nos tendimos en la cama. Ella me enredaba el pelo, y tenía los ojos fijos en el techo como si meditara.

—¿Te gusta la torta de pasas?

—No sé. Sí, creo que sí.

—Te haré una.

—Cuidado, Frank. ¡Vas a romper una ballesta!

—¡Al diablo con las ballestas!

Entramos en un pequeño bosque de eucaliptos que se extendía al borde del camino. El griego nos había enviado al mercado para devolver una carne que no estaba en muy buen estado, y mientras, se había hecho de noche. Metí el coche por entre los árboles, en medio de tumbos y sacudidas. Al llegar a lo más oscuro de la espesura lo detuve. Cora me abrazó antes de que yo hubiese apagado los faros. Hicimos todo cuanto quisimos. Al cabo de un rato estábamos tranquilamente sentados.

—No puedo seguir así, Frank.

—Yo tampoco.

—No resistí más. Y tengo que embriagarme contigo, Frank. ¿Me comprendes? Embriagarme.

—Sí, sí; ya sé.

—¡Cómo odio a ese griego!

—¿Por qué te casaste con él? Nunca me lo has contado.

—No te he contado nada.

—Hasta ahora no hemos perdido el tiempo conversando.

—Yo trabajaba en un cafetín infame. Cuando una mujer trabaja dos años en uno de esos cafetines de Los Ángeles, se agarra al primer hombre que tenga un reloj de oro.

—¿Cuándo saliste de Iowa?

—Hace tres años. Gané un concurso de belleza en una escuela secundaria de Des Moines. Ésa es mi ciudad natal. El premio era un viaje a Hollywood. Al bajar del tren, quince tipos estaban allí sacándome fotos, y dos semanas después estaba en el cafetín.

—¿No volviste a Des Moines?

—No quise darles la alegría de mi fracaso.

—¿Y no llegaste a entrar en el cine?

—Me sometieron a una prueba. La cara iba bien, pero ahora las películas son habladas. Y en cuanto empecé a hablar desde la pantalla, descubrieron lo que era, y yo lo comprendí también: una cualquiera de Des Moines, que tenía tantas probabilidades de triunfar en el cine como las que pudiera tener un mono. O menos. Porque el mono siquiera hace reír. Y yo lo único que conseguía era dar asco.

—¿Y después?

—Estuve dos años entre individuos que me pellizcaban las piernas y me dejaban unas moneditas de propina y me proponían salir a divertirnos un poco. Salí unas cuantas veces.

—¿Y después?

—¿Comprendes lo que quiero decir con eso de “ir a divertirnos”?

—Sí.

—Un día conocí a Nick. Me casé con él, y Dios sabe que lo hice con toda la intención de serle fiel. Pero ya no me es posible soportarlo más. ¡Dios!, ¿parezco yo un pajarito blanco?

—No, a mí más bien me pareces una arpía.

—Tú te has dado perfecta cuenta, ¿verdad? Ésa es una de las cosas buenas que tienes: que no tengo que estar engañándote constantemente. Además, eres limpio. No eres un grasiento, Frank. ¿Tienes idea de lo que eso significa?

—Sí, más o menos me lo imagino.

—No, creo que no. Ningún hombre sabe lo que significa para una mujer eso de tener que estar siempre al lado de un hombre grasiento que le revuelve a una el estómago cada vez que la toca. Realmente, no soy una arpía, Frank. ¡Es que no puedo soportarlo más!

—¿Qué intentas ahora? ¿Engatusarme?

—¡Bueno! Digamos, entonces, que soy una arpía. Pero creo que no sería tan mala si estuviera con un hombre que no fuese grasiento.

—Cora, ¿qué te parece si huyésemos?

—Ya lo he pensado. Lo he pensado mucho.

—Pues es muy sencillo. Dejamos plantado a ese griego del diablo y volamos.

—¿Adónde?

—A cualquier parte, ¿qué importa?

—Cualquier parte..., cualquier parte. ¿Sabes dónde es eso?

—Por todo el mapa, donde se nos antoje.

—No, no es allí. Es el cafetín.

—No me refería al cafetín, sino al camino. Va a ser divertido, Cora. Nadie lo sabe mejor que yo. Conozco las vueltas y revueltas que tiene. Y además, sé cómo sacarle el jugo. ¿No es eso lo que queremos, Cora; ser un par de vagabundos, como en realidad somos?

—Tú eras un vagabundo perfecto. Ni siquiera tenías calcetines.

—Pero te gusté.

—Te quise. Te querría aunque no tuvieses ni camisa. Sobre todo te querría sin camisa porque así podría sentir lo hermosos y fuertes que son tus hombros.

—Se me han endurecido los músculos a fuerza de dar puñetazos a los detectives de las compañías ferroviarias.

—Sí, eres todo duro. Alto, morrudo y duro. Y tus cabellos son claros. No eres un tipo chiquito y grasiento, con el pelo negro y ensortijado, en el que se pone *bay-rum* todas las noches.

—Debe oler bien eso.

—Pero no puede ser, Frank. Ese camino que dices no lleva a ninguna parte más que al cafetín. El cafetín para mí y algún trabajo por el estilo para ti. Un trabajo miserable de cuidador de autos, para el que tendrías que llevar guardapolvo. Me echaría a llorar si te viera con guardapolvo.

—¿Y entonces?

Ella se quedó inmóvil un buen rato, con una de mis manos fuertemente apretadas entre las suyas.

—Frank, ¿me quieres?

—Sí.

—¿Me quieres lo suficiente como para que nada te importe?

—Sí.

—Hay una solución.

—¿No me dijiste que no eras una arpía?

—Lo dije y así es. No soy lo que tú crees, Frank. Quiero trabajar y ser algo, nada más; pero eso no es posible sin amor. ¿Sabías eso, Frank? Por lo menos, a una mujer no le es posible. Yo ya cometí un error y no me queda otra cosa que ser una arpía por una vez, para arreglarlo. Pero te juro que no soy una arpía, Frank.

—Al que hace eso lo mandan a la horca.

—Si uno lo hace bien, no. Tú eres un hombre

listo, Frank. A ti no he podido engañarte ni un segundo. Estoy segura de que se te ocurrirá la manera. No te aflijas; no soy la primera mujer que ha tenido que convertirse en arpía para salir de un atolladero.

—Pero Nick no me ha hecho nada. Es un buen hombre.

—¡Un buen hombre! Te digo que apesta. Es grasiento y apesta. Además, ¿crees que voy a permitir que uses un guardapolvo sucio, con unas letras que digan "Servicio de estacionamiento de autos" en la espalda? ¿Crees que puedo permitir eso mientras él tiene cuatro trajes y una docena de camisas de seda? ¿Acaso no es mía la mitad del negocio? ¿No cocino? ¿No cocino bien? ¿No trabajas también tú?

—Hablas como si no fuera nada malo.

—¿Y quién va a saber sí es bueno o malo más que tú y yo?

—Tú y yo.

—Así es, Frank. Eso es todo lo que importa, ¿no? No "tú y yo y el camino", o cualquier otra cosa que no sea "tú y yo".

—Sin embargo, tienes que ser una arpía. No podrías hacerme sentir lo que siento si no lo fueras.

—Eso es lo que vamos a hacer. Bésame, Frank. En la boca.

La besé. Sus ojos estaban levantados hacia mí como dos estrellas azules. Era como estar en la iglesia.

4

—¿Tienes agua caliente?

—¿Por qué no vas a buscarla al cuarto de baño?

—Porque Nick está bañándose.

—Entonces te daré un poco de la marmita. A él le gusta tener el calentador lleno cuando se baña.

Lo decíamos como si fuera de veras. Eran las diez de la noche y habíamos cerrado la fonda. El griego estaba en el cuarto de baño haciendo su higiene habitual de los sábados por la noche. Yo debía llevar el agua caliente a mi habitación, preparar los utensilios para afeitarme y recordar de pronto que había dejado el coche afuera. Saldría y me quedaría junto al coche, para tocar la bocina si se aproximaba alguien. Ella debía esperar hasta oírle chapotear en la bañera; entonces entraría en el cuarto de baño en busca de una toalla, y lo golpearía por la espalda con una cachiporra que yo le había preparado con una bolsita de azúcar llena de cojinetes de bolillas. Primeramente decidimos que fuese yo quien le aplicase el golpe, pero pensamos que él no le prestaría ninguna atención a Cora si entraba en el cuarto de baño, mientras que si lo hacía yo con el pretexto de buscar mi navaja podría salir de la bañera para ayudarme a buscarla, o algo por el estilo. Una vez aplicado el golpe, ella le hundiría la cabeza bajo el agua teniéndole así hasta que se ahogase. Después dejaría que el agua corriera un rato y saldría por la ventana que daba al techo del porche, bajando para reunirse conmigo por la escalera de mano que yo había arrimado al alero. Allí me entregaría la cachiporra y entraría en la cocina. Yo volvería a poner los cojinetes de bolillas en un cajón, tiraría la bolsita de azúcar, subiría a mi habitación y empezaría a afeitarme. Ella esperaría a que el agua empezase a filtrarse hasta la cocina y entonces me llamaría. Romperíamos la puerta, descubriríamos el cadáver e inmediatamente llamaríamos a un médico. Pensamos que el médico creería que Nick había resbalado en la bañera, desmayándose como consecuencia del golpe y muriendo después ahogado. La idea me la había proporcionado un artículo que acababa de leer en un diario, en el cual se comentaba que la mayor parte de los accidentes domésticos se producen en los baños.

—Ten cuidado. Está muy caliente.

—Gracias.

Me había traído el agua en una pequeña cacerola; yo la llevé a mi habitación y la puse sobre la mesita. Después saqué mis cosas de afeitar. Bajé nuevamente y me acerqué al coche, sentándome en él de tal forma que pudiese ver al mismo tiempo el camino y la ventana del cuarto de baño. El griego estaba cantando. Se me ocurrió que convendría fijarse qué canción era. Escuché. Era “Mamá Machree”. La cantó una vez y después la repitió. Miré hacia la cocina. Cora estaba allí todavía.

En el camino apareció un camión arrastrando un acoplado. Puse la mano sobre el botón de la bocina. Algunas veces los camioneros se detenían para comer algo, y eran de esa clase de hombres que se pasan golpeando la puerta hasta que se les abre. Pero el camión siguió de largo. Pasaron otros dos coches sin detenerse. Volví a mirar hacia la cocina y Cora ya no estaba en ella. Se encendió una luz en el dormitorio.

De repente vi algo que se movía junto al porche. Estuve a punto de hacer sonar la bocina, pero vi que era un gato. No era más que un gato gris, pero me sobresaltó. En aquel instante un gato era lo último que quería ver.

Lo perdí de vista unos segundos y después apareció de nuevo, olfateando allí por donde estaba la escalera. No quería tocar la bocina porque sólo se trataba de un gato, pero al mismo tiempo no quería que anduviese cerca de la escalera. Salté del coche, me acerqué al porche y lo espanté.

Había recorrido la mitad de la distancia hacia el coche, cuando lo volví a ver. Empezaba a encaramarse por la escalera. Lo espanté de nuevo y lo corrí hasta los cobertizos. Volví al coche y me quedé un rato allí parado espiando a ver si volvía. En la curva del camino apareció un agente en motocicleta. Me vio de pie junto al coche, silenció el motor de la máquina y se acercó lentamente, antes de que yo pudiera moverme. Cuando se detuvo se interpuso entre el coche y yo.

No era posible tocar la bocina.

—Descansando, ¿no?

—Salí a guardar el coche.

—¿Suyo?

—No. Es del hombre para quien trabajo.

—Está bien. Le preguntaba para controlar.

Miró en derredor y vio algo.

—¡Qué notable!... Mire eso...

—¿Qué?

—Ese gato, que sube por la escalera de mano.

—¡Ajá!

—Me gustan mucho los gatos. Siempre andan haciendo alguna travesura.

Se puso los guantes, miró al cielo, montó de nuevo en la máquina y se alejó. Apenas se perdió de vista me lancé hacia la bocina. Era demasiado tarde. En el porche se produjo un fogonazo y todas las luces se apagaron allá adentro. Cora gritaba:

—¡Frank, Frank! ¡Ha ocurrido algo!

Corrí a la cocina, pero estaba completamente a oscuras, y como no tenía fósforos tuve que avanzar a tientas. Nos encontramos en la escalera, bajando ella y subiendo yo. Cora volvió a gritar.

—¡Cállate, por amor de Dios! ¿Lo hiciste?

—¡Sí, pero se apagaron las luces y no pude meterle la cabeza bajo el agua!

—Tenemos que hacerle volver en sí. ¡Hace un rato estuvo aquí un agente en motocicleta y vio la escalera de mano!

—Hay que llamar en seguida por teléfono a un médico.

—Telefonea tú. ¡Yo voy a sacarlo!

Bajó y yo seguí subiendo. Entré en el cuarto de baño y me incliné sobre la bañera. El griego estaba caído en el agua, pero su cabeza no se había sumergido. El cuerpo, cubierto de jabón, resbalaba entre mis manos, y yo tuve que meterme en el agua antes de poder alzarlo. Entretanto, oía la voz de Cora, que hablaba con el operador telefónico. No la habían comunicado con un médico; la habían comunicado con la policía.

Por fin conseguí colocarlo sobre el borde de la bañera, salí yo de ella y lo arrastré hasta el dormitorio, tendiéndolo en la cama. En aquel momento subió ella; encontramos por fin una caja de fósforos y encendimos una vela. Envolví la cabeza del griego en dos o tres toallas húmedas, mientras Cora le friccionaba las muñecas y los pies.

—Van a mandar una ambulancia.

—Bueno. ¿Te vio cuando le diste el cachiporrazo?

—No sé.

—¿Estabas detrás de él?

—Me parece que sí. Pero las luces se apagaron y no sé lo que ocurrió. ¿Qué hiciste con las luces?

—Yo, nada. Debe haberse quemado un fusible.

—Frank, creo que es mejor que no vuelva en sí.

—Tiene que ser. Si muere, estamos perdidos. Te digo que ese agente vio la escalera de mano. Si muere, lo sabrán todo; nos pescarán.

—¿Y si me vio? ¿Qué dirá cuando vuelva en sí?

—Tal vez no te vio. Tenemos que inventar algún cuento. Tú estabas allí y las luces se apagaron; lo oíste resbalar y caer, y no contestó cuando le hablaste. Después me llamaste a mí. Eso es todo. Diga lo que diga él, tú tienes que insistir en lo mismo. Si vio algo, fue pura imaginación. Eso es todo.

—¿Por qué no vendrán ya con esa maldita ambulancia?

—Deben llegar de un momento a otro.

En cuanto llegó la ambulancia, pusieron el cuerpo en una camilla y lo subieron al vehículo. Cora fue con ellos. Yo los seguí en el coche. A mitad de camino nos alcanzó un agente en motocicleta que nos acompañó, precediendo a los dos coches. La ambulancia iba a gran velocidad y no me era posible mantenerme junto a ella. Cuando llegué ante el hospital ya estaban sacando al griego en la camilla y el agente dirigía la operación. Al verme, hizo un movimiento de sorpresa y se me quedó mirando. Era el mismo de antes.

Entraron en el hospital, pusieron el cuerpo sobre otra camilla con ruedas y se lo llevaron a la sala de operaciones, mientras Cora y yo nos quedamos en el vestíbulo. Al rato vino una enfermera y se sentó a nuestro lado.

Después llegó el agente, acompañado de un sargento. Los dos se miraron insistentemente. Cora le estaba contando a la enfermera cómo se había producido el accidente.

—Yo había entrado en el cuarto de baño a buscar una toalla, cuando de pronto se apagaron todas las luces y oí un estampido como si alguien hubiese disparado un revólver. Fue una detonación terrible. Oí el ruido de un cuerpo al caer. Había estado de pie, disponiéndose a abrir la ducha. Le hablé, pero no me contestó. Estaba todo a oscuras y no me era posible ver nada. No sabía lo que había ocurrido. Pensé que podía haberse electrocutado o algo por el estilo. Frank me oyó gritar y vino casi en seguida. Después sacó el cuerpo de la bañera y yo bajé corriendo a llamar a la ambulancia. No sé qué hubiera hecho si no hubiese llegado tan pronto.

—Siempre se dan prisa cuando llaman de noche.

—¡Tengo tanto miedo de que sea algo grave!

—No creo. Lo están examinando con rayos X. Así sabrán lo que tiene. Pero no creo que sea nada grave.

—¡Dios lo quiera!

Los policías no dijeron una palabra; estaban allí sentados y no nos quitaban los ojos de encima.

Lo sacaron de la sala de operaciones con la cabeza cubierta de vendas. Lo llevaron a un ascensor, en el cual entramos Cora, yo, la enfermera y los dos policías. El ascensor se detuvo en el segundo piso y la camilla fue llevada a una habitación. Todos entramos detrás. No había suficientes sillas, y mientras lo acostaban, la enfermera salió a buscar las que faltaban. Todos nos sentamos. Alguien dijo algo y la enfermera lo hizo callar. Llegó un médico, miró al paciente y salió de nuevo. Estuvimos allí una eternidad. Entonces la enfermera se acercó al lecho y miró al herido.

—Creo que ya está volviendo en sí.

Cora me miró y yo aparté los ojos rápidamente. Los policías se inclinaron para escuchar lo que pudiera decir el griego, que en aquel instante abrió los ojos.

—Se siente mejor ya, ¿verdad? —preguntó la enfermera.

No contestó nada y todos permanecimos igualmente callados.

El silencio era tan absoluto que podía oír los latidos de mi corazón.

La enfermera volvió a inclinarse sobre él y dijo:

—¿Ya no conoce a su esposa? Está aquí. Mírela. ¿No le da vergüenza caerse en la bañera como si fuese una criatura, sólo porque las luces se apagaron? Su esposa está loca de aflicción. ¿No le va a decir nada?

El herido hizo un esfuerzo para hablar, pero no le fue posible. La enfermera empezó a abanicarlo. Cora le tomó una mano y se la acarició.

Nick estuvo unos minutos con los ojos cerrados, y luego sus labios empezaron a moverse y miró a la enfermera:

—Todo quedó a oscuras.

Cuando la enfermera dijo que el herido tenía que permanecer tranquilo, llevé a Cora afuera y la hice subir al coche. Apenas habíamos puesto en marcha el coche, cuando salió el agente de la motocicleta, quien nos empezó a seguir en su máquina.

—Sospecha de nosotros, Frank.

—Es el mismo que vio la escalera de mano. En cuanto me vio allí, vigilando, le pareció que ocurría algo. Y todavía lo piensa.

—¿Qué vamos a hacer?

—No sé. Todo depende de la escalera; de que caiga en la cuenta de para qué está allí ¿Qué hiciste con la cachiporra que te preparé?

—La tengo todavía en el bolsillo.

—¡Santo cielo! Si hubieran llegado a detenerte hace un rato y a revisarte estábamos perdidos.

Le di mi cortaplumas para que cortase la cuerda que ataba la boca de la bolsita y sacase los cojinetes de bolillas. Después le dije que pasara a la parte trasera, que levantara la tapa del asiento y metiese la bolsita vacía allí. Parecía un trapo cualquiera, uno de esos trapos que se guardan con las herramientas.

—No pierdas de vista a ese polizonte. Voy a ir tirando los cojinetes a los matorrales uno por uno, y tienes que vigilar a ver si se da cuenta.

Ella se puso a mirar. Conduje con la mano izquierda y dejé la derecha libre sobre el volante. Solté uno. Lo tiré por la ventanilla como si fuera una bolita de vidrio.

—¿Volvió la cabeza?

—No.

Dejé caer los últimos. El policía no se dio cuenta de nada.

Llegamos a la fonda, que estaba todavía a oscuras. No había tenido tiempo de buscar un fusible nuevo, y menos de ponerlo. Cuando detuve el coche, el agente se nos había adelantado y nos esperaba.

—Voy a revisar el tablero de los fusibles —dijo.

Entramos los tres y él encendió una linterna eléctrica. Inmediatamente lanzó un pequeño gruñido y se inclinó hacia el suelo. Bajé la vista y vi al gato, tendido de lomo, con las cuatro patas al aire.

—¡Qué lástima! —dijo el agente—, quedó seco.

Iluminó con la linterna el interior del porche y a lo largo de la escalera de mano.

—Sí, sí —agregó—. No hay duda. ¿Recuerda? Usted y yo lo estábamos mirando. De la escalera de mano saltó al tablero de fusibles y quedó seco.

—Tiene razón. Es lo que debe de haber ocurrido. Apenas había desaparecido usted en la curva del camino cuando se produjo el fogonazo. Parecía el disparo de un revólver. Ni siquiera tuve tiempo de guardar el coche. Usted no había hecho más que desaparecer...

—Saltó directamente de la escalera al tablero de fusibles. Bueno... Así ocurren las cosas. Esos pobres animales no entienden de electricidad, ¿verdad? Es demasiado complicado para ellos.

—Está duro.

—De veras. Quedó seco. Y era un bonito gato. ¿Recuerda lo que parecía cuando iba subiendo la escalera? Creo que nunca he visto un gato más bonito que ése.

—Y tenía un hermoso color.

—Sí, y quedó seco. Bueno. Será mejor que me vaya. El asunto está aclarado. Pero yo tenía orden de investigar. Usted comprende...

—Sí, comprendo. Está bien, agente.

—Bueno, hasta la vista. Adiós, señora.

—Adiós.

5

No nos ocupamos del gato, de los fusibles, ni de nada. Nos acostamos, y la entereza de Cora se derrumbó. Se puso a llorar y la acometieron unos escalofríos que le sacudían todo el cuerpo. Necesité más de dos horas para tranquilizarla.

Después se quedó un rato inmóvil entre mis brazos y empezamos a hablar.

—Nunca más, Frank.

—Tienes razón. Nunca más.

—Hemos sido unos locos. Únicamente así...

—Y solamente una extraordinaria suerte nos ha sacado adelante.

—Fue culpa mía.

—Y mía también.

—No, no. Fue mía la culpa. Yo fui quien lo pensó. Tú no querías hacerlo. La próxima vez te haré caso, Frank. Tú eres listo; no eres un idiota como yo.

—Sí, pero no habrá tal próxima vez.

—Tienes razón. Nunca más.

—Aun cuando todo nos hubiese salido bien, lo habrían adivinado. Siempre lo adivinan esos malditos; ya tienen costumbre. Si no, fíjate con qué rapidez se dio cuenta ese agente de que ocurría algo anormal. Eso es lo que me hiela la sangre en las venas. En cuanto me vio junto a la escalera de mano parece que adivinó. Si sospechó por tan poca cosa, ¿cómo hubiéramos podido salvarnos si el griego hubiese muerto?

—Estoy convencida de que en realidad no soy una arpía, Frank.

—¡Hum!... No sé.

—De serlo, no me habría asustado tan fácilmente. ¡Cómo me asusté, Frank! Yo también pasé un trance bien amargo. ¿Sabes lo que ansiaba cuando se apagaron las luces? Te ansiaba a ti, Frank. En aquel instante no tenía nada de arpía; no era más que una chiquilla asustada de la oscuridad.

—¿Acaso no estaba yo allí?

—Sí, y te quise más por eso. De no haber sido por ti no sé lo que nos habría ocurrido.

—¿No te parece que estuvo bien eso del resbalón?

—Y se lo creyó.

—No necesito mucho para arreglármelas con estos tipos de la policía. Hay que estar preparado, nada más. Llenar todos los claros, pero alejándose lo menos posible de la verdad. Los conozco. Ya he tenido que vérmelas con ellos bastantes veces.

—Lo arreglaste todo maravillosamente. Y siempre me arreglarás las cosas, ¿verdad, Frank?

—Tú eres la única que ha significado algo para mí.

—¿Sabes una cosa? No deseo ser una arpía.

—Tú eres mi nena.

—Sí, eso es, tu nena, tu nena tonta. Tienes razón, Frank. En adelante te haré caso siempre. Tú serás el cerebro y yo el brazo que ejecute. Soy fuerte para el trabajo, Frank. Y sé trabajar. Nos irá bien.

—Claro que sí.

—¿Qué te parece ahora si nos dormimos?

—¿Crees que podrás dormir tranquila?

—Es la primera vez que dormimos juntos, Frank.

—¿Te gusta?

—Es maravilloso, maravilloso.

—Dame las buenas noches con un beso.

—¡Es tan dulce poder darte las buenas noches con un beso!

A la mañana siguiente nos despertó el timbre

del teléfono. Atendió Cora, y cuando volvió al dormitorio los ojos le brillaban.

—Frank...

—¿Qué?

—Tiene fractura del cráneo.

—¿Grave?

—No, pero lo tendrán en el hospital por unos días. Quieren que se quede allí una semana. Esta noche podremos dormir juntos otra vez.

—Ven aquí.

—No, ahora no. Tenemos que abrir el negocio.

—Ven aquí antes de que te casque.

—¡Loco!

Aquella fue una semana muy feliz. Por las tardes Cora se iba en el coche al hospital, pero el resto del tiempo lo pasábamos juntos. Y, además, fuimos honrados con el griego. Tuvimos abierta la fonda todo el tiempo y tratamos de hacer negocio. Y lo conseguimos. Claro que algo ayudaron aquellos cien escolares que aparecieron en tres grandes ómnibus de excursión y compraron un montón de cosas para llevar al bosque; pero aun sin eso, hubiéramos ganado bastante. Y juro que la caja registradora no podría acusarnos de la menor traición.

Un día, en lugar de ir Cora sola al hospital, lo hicimos los dos, y al salir nos fuimos a la playa. A ella le dieron un traje de baño amarillo y un gorrito rojo, y cuando salió de la casilla casi no la conocí. Parecía una chica. Era en realidad la primera vez que veía lo joven que era.

Jugamos alegremente en la arena y después nos metimos en el agua y dejamos que las grandes olas nos meciesen. A mí me gusta ponerme de cara a las olas; a ella le gustaba ponerse con los pies hacia ellas. Nos quedamos así, cara con cara, tomándonos de las manos debajo del agua. Yo miraba hacia el cielo, que era lo único que podía ver. Pensé en Dios.

—Frank.

—Sí.

—Mañana vuelve a casa. ¿Sabes lo que eso significa?

—Lo sé.

—Tendré que dormir otro vez con él, en lugar de hacerlo contigo.

—Tendrías que dormir con él, pues cuando llegue aquí nosotros ya nos habremos ido.

—¡No sabes cuánto ansiaba que dijeses eso!

—Tú, yo y el camino.

—Tú, yo y el camino.

—Dos vagabundos.

—Dos vagabundos, pero siempre juntos.

—Eso es, siempre juntos.

A la mañana siguiente preparamos nuestras cosas. Es decir, ella preparó lo que pensaba llevarse. Yo había comprado un traje poco antes y me lo puse. Eso parecía ser todo cuanto tenía que hacer. Ella metió sus cosas en una sombrerera, y cuando terminó de hacerlo me lo alcanzó.

—Pon eso en el coche, ¿quieres?

—¿En el coche?

—¿No nos llevamos el coche?

—Claro que no. A no ser que quieras pasar la primera noche en un calabozo. Robarle a un hombre la esposa no es nada; pero llevarse su automóvil es un hurto penado por la ley.

—¡Oh!...

Partimos. Había una distancia de unos tres kilómetros hasta la parada del ómnibus y teníamos que recorrerla a pie. Siempre que pasaba un coche nos parábamos en el camino con una mano extendida, como estatuas, pero ninguno se detuvo. Un hombre solo puede conseguir que lo lleven; una mujer también, si es lo suficientemente loca como para aceptar; pero un hombre y una mujer juntos no tienen muchas probabilidades.

Cuando ya habían pasado unos veinte coches, Cora se detuvo. Habíamos recorrido aproximadamente medio kilómetro.

—Frank... ¡No puedo!

—¿Qué te pasa?

—Éste es.

—¿Qué cosa?

—El camino.

—¿Estás loca? Lo que pasa es que sientes cansancio, eso es todo. Escucha. Quédate aquí y yo voy a hacer que alguien nos lleve hasta la ciudad. Eso es lo que debimos haber hecho desde el principio. Vas a ver como todo saldrá bien.

—No, no es eso, Frank. No estoy cansada. Es que no puedo. No puedo, Frank.

—¿Es que no quieres estar conmigo, Cora?

—Ya sabes que sí.

—Ahora no podemos volver. Es imposible regresar, para empezar de nuevo la vida de antes. Lo sabes perfectamente. Tienes que venir conmigo.

—Ya te dije que yo no soy realmente una vagabunda. Frank. No me siento gitana. No me siento nada; solamente avergonzada de estar aquí pidiendo que me lleven.

—Pero acabo de decirte que tomaremos un coche que nos lleve a la ciudad.

—Y después, ¿qué?

—Después empezaremos a vivir.

—¡A vivir!... No, Frank. Pasaremos la noche en un hotel, y después nos pondremos a buscar trabajo. E iremos a meternos en un cuchitril.

—¿No era un cuchitril la casa donde has vivido hasta ahora?

—Es distinto.

—Cora, ¿vas a echarte atrás ahora?

—Tiene que ser, Frank. No puedo seguir. Adiós.

—¿Quieres escucharme un minuto?

—Adiós, Frank, me vuelvo a casa.

Tiraba de la sombrerera. Yo intentaba retenerla, por lo menos llevármela; pero ella me la quitó y emprendió el camino de vuelta con ella. Había estado preciosa al salir de la casa, con su trajecito azul y su sombrero del mismo color; pero ahora estaba toda maltrecha. Sus zapatos se hallaban cubiertos de polvo y el llanto no la dejaba caminar derecha. Y de pronto descubrí que yo también estaba llorando.

6

Conseguí que me llevaran en coche hasta San Bernardino, que tiene estación de ferrocarril. Allí saltaría a algún tren de carga que se dirigiese al este. Pero no lo hice. Tropecé con un tipo en un salón de billares y empecé a jugar con él. Era el ejemplo más perfecto de "candidato" que Dios haya puesto en el mundo, pero tenía un amigo que realmente sabía jugar. Sólo que no jugaba tan bien como creía. Anduve con ellos un par de semanas y les saqué doscientos cincuenta dólares, todo lo que tenían. Y después tuve que salir de la ciudad lo más pronto posible.

Tomé un camión que iba a Mexicali, y una vez acomodado en el vehículo empecé a pensar en mis doscientos cincuenta dólares y en cómo con ese dinero podría ir a una playa y vender sándwiches de salchichas o cualquier otra cosa, hasta reunir lo suficiente para emprender un negocio mejor. Me bajé del camión y conseguí que un coche me llevase a Glendale. Me puse a dar vueltas por el mercado, donde compraban sus provisiones, con la esperanza de ver a Cora. Hasta la llamé por teléfono un par de veces, pero contestó el griego y tuve que decir que me habían dado un número equivocado.

Entre paseo y paseo por el mercado, hice alguna visita a un salón de billares cercano. Un día vi a un individuo que estaba taqueando solo en una de las mesas, y por la forma en que empuñaba el taco me di cuenta de que era un novicio en ese juego. Empecé a taquear yo también en la mesa continua. Calculé que mis doscientos cincuenta dólares alcanzaban para poner un puesto de sándwiches; trescientos cincuenta nos convertirían en magnates.

—¿Qué le parece si jugamos una partidita?

—¡Oh!... Yo juego muy poco.

—No importa; unas jugadas nada más.

—Sí, pero usted juega mucho más que yo.

—No crea, amigo. ¡Si soy el peor jugador del mundo!

—Bueno. Si se trata de una simple partida amistosa...

Empezamos a jugar, y le dejé ganar dos partidas para darle confianza. Yo movía la cabeza, como si no pudiese comprender lo que me pasaba.

—¿Así que yo era el que jugaba mucho más que usted, no? Sin embargo, por lo que he estado haciendo no soy tan malo como parece. No se qué me pasa. ¿Qué le parece si jugamos a un dólar la partida para ver si el juego se hace más interesante?

—Bueno. No perderé gran cosa si no gano.

Jugamos a un dólar la partida y le dejé ganar cuatro o cinco. Yo hacía las tacadas como si estuviese muy nervioso, y entre una y otra me frotaba las manos con el pañuelo, como si las tuviera sudorosas.

—Caramba, parece que no hay manera de que entre en juego. ¿Quiere que juguemos a cinco dólares la partida y después tomemos una copita?

—Bueno. Estamos jugando amistosamente y no quiero quedarme con su dinero. Jugamos a cinco dólares y después lo dejamos.

Le dejé ganar nuevamente, y por la forma en que me comportaba cualquiera hubiera creído que estaba sufriendo un ataque al corazón y qué sé yo cuántas dolencias más.

—Vea, amigo —le dije por fin—, no crea que no me doy cuenta cuando me hallo ante un jugador de más clase que yo. Comprendo que usted juega más, pero si quiere hacemos una última partida por veinticinco dólares, para que pueda desquitarme, y después nos vamos a tomar esa copita.

—Veinticinco dólares es bastante dinero.

—¿Y a usted qué le importa? ¡Total, está jugando con lo que me ha ganado a mí!

—Está bien. Por veinticinco dólares.

Entonces empecé a jugar de veras. Hice tacadas que no hubiera podido hacer Hoppe. Metía las bolas a tres bandas. Conseguí efectos tan buenos que la bola sencillamente flotaba alrededor de la mesa. Hasta le hice pegar un salto. Las jugadas de él eran como las que podría haber hecho Tom el ciego, el pianista privado de la visión. Pifió, se enredó, arañó el paño, metió la bola en la bolsa que no debía; no acertaba ni siquiera a una banda... Pero cuando salí de allí se había quedado con mis doscientos cincuenta dólares y un reloj de tres dólares que había comprado para no dejar pasar la hora en que Cora podría ir al mercado. ¡Oh, yo estuve bien! Sólo que no todo lo bien que debía.

—¡Eh, Frank!

Era el griego, que atravesaba la calle corriendo hacia mí antes de que hubiese salido siquiera.

—Hola, Frank, desgraciado. ¿Dónde has estado metido? Choca esos cinco. ¿Por qué te fuiste justamente cuando yo estaba internado y te necesitaba más que nunca?

Nos dimos la mano. Llevaba todavía una venda en la cabeza y en sus ojos brillaba una mirada extraña; pero estaba muy elegante con un traje nuevo, un sombrero negro que llevaba inclinado, una corbata violeta y zapatos marrones. La cadena de oro le atravesaba el chaleco y entre los dedos apretaba un largo cigarro.

—¿Qué tal, Nick? ¿Cómo estás?

—Bien, muy bien; no podría sentirme mejor; pero ¿por qué te fugaste? Estoy muy disgustado contigo, desgraciado.

—Ya me conoces, Nick. Me quedo quieto algún tiempo, pero un buen día tengo que largarme.

—Elegiste el momento más oportuno para largarte. ¿Qué haces ahora?, vamos a ver. No mientas, seguro que no haces nada, desgraciado. Te conozco. Bueno, acompáñame mientras compro la carne y así hablamos.

—¿Has venido solo?

—¿Y cómo había de venir? ¿Quién se iba a quedar cuidando el negocio, ahora que tú me dejaste colgado? Claro que vine solo. Cora y yo ahora nunca podemos salir juntos. Si uno sale, el otro tiene que quedarse.

—Bueno, vamos.

Tardó una hora larga en comprar la carne, porque la mayor parte del tiempo se la pasó contándome cómo se le había fracturado el cráneo, cómo los doctores le dijeron que nunca habían visto una fractura semejante, los disgustos que le habían dado los dependientes, que había tenido a dos desde que yo me fui, a uno de los cuales tuvo que despedir al día siguiente de tomarlo y el otro se le fue tres días después de llegar, llevándose todo lo que había en la caja. Por fin, me dijo que daría cualquier cosa por tenerme otra vez junto a él.

—Mira una cosa, Frank. Cora y yo vamos mañana a Santa Bárbara. ¡Qué demonio, es justo que de cuando en cuando salgamos un poco! Vamos a una fiesta. Vente con nosotros. ¿Qué te parece? Vienes con nosotros y hablamos sobre tu vuelta al negocio. ¿No te gustan las fiestas de Santa Bárbara?

—Me han dicho que valen la pena.

—Hay muchachas, música, se baila en las calles. Es precioso. Vamos, Frank.

—No sé.

—Estoy seguro de que Cora se pondría más furiosa que el demonio si sabe que he estado contigo y no te llevo a casa. Tal vez te haya tratado un poco mal, pero piensa muy bien de ti, Frank. Vamos, anímate. Iremos los tres y nos divertiremos muchísimo.

—Muy bien, si ella no se opone, acepto.

Cuando llegamos había en el comedor ocho o diez personas; Cora estaba en la cocina, lavando platos y fuentes a toda velocidad para tener suficiente con que atender las mesas.

—¡Eh, Cora, mira! Mira a quién te traigo.

—¡Caramba! ¿Y de dónde salió éste?

—Lo encontré hoy en Glendale. Viene a Santa Bárbara con nosotros.

—Hola, Cora, ¿cómo está?

—Usted ya parece un extraño en la casa.

Se secó las manos rápidamente y me extendió la diestra, que todavía tenía jabón. Se fue al comedor a atender un pedido y el griego y yo nos sentamos. Generalmente él ayudaba en el comedor, pero estaba tan ansioso por enseñarme una cosa, que dejó que atendiese sola a los clientes.

Era un libro de recortes, en cuya primera página había pegado su carta de ciudadanía; después venían el certificado de casamiento, su patente de comerciante, válida para todo el condado de Los Ángeles, un retrato suyo con el uniforme del ejército griego, otro de Cora y él el día del casamiento, y, a continuación, los recortes de los diarios que daban cuenta de su accidente. Los artículos de los diarios corrientes hablaban más del gato que de Nick, pero de todos modos se leía en ellos su nombre y cómo había sido internado y se esperaba su pronto restablecimiento. Pero había un recorte del diario griego de Los Ángeles en el cual se hablaba más de Nick que del gato y hasta se incluía una fotografía suya, con el smoking de su tiempo de camarero, y la historia de su vida. Después de los recortes, venían las placas de las radiografías. Había unas cinco o seis, porque le hacían una todos los días para ver cómo evolucionaba la herida. Había metido cada una de ellas entre dos hojas pegadas por los bordes y en que había recortado un cuadrado en el medio, de modo que se las podía mirar al trasluz. Después venían los recibos del hospital, las cuentas de los médicos y las facturas de las farmacias. Aquel porrazo en la cabeza le había costado trescientos veintidós dólares, créase o no.

—Bonito, ¿no?

—Precioso. Está todo y en orden.

—Claro que no está terminado todavía. Voy a pintarlo de rojo, blanco y azul. Lo voy a dejar muy bien. Mira.

Me enseñó dos o tres páginas en las cuales ya había hecho los adornos. Sobre la carta de ciudadanía se veían dos banderas norteamericanas y un águila, y sobre su retrato de soldado griego había cruzado dos banderas griegas y otra águila, mientras que el certificado de casamiento aparecía coronado por dos tórtolas posadas en una rama. Todavía no había decidido lo que iba a poner en las demás páginas, y yo le sugerí que sobre los recortes pusiera un gato con llamas rojas, azules y blancas que le salieran de la cola. Nick se entusiasmó con la idea. No me comprendió, sin embargo, cuando le dije que sobre la patente para comerciar en el distrito de Los Ángeles podía dibujar un búho, con dos banderas de subasta que dijesen: "Hoy, subasta"; y no me pareció que valiera la pena explicárselo.

Pero yo pude saber, por fin, a qué obedecía el que estuviese tan bien vestido y se diera aquel aire de importancia. Este griego había sufrido una fractura craneana y una cosa así no le ocurre todos los días a un individuo medio idiota como él. Tan pronto como un italiano consigue eso que dice "farmacéutico", con un sello rojo pegado encima, se pone un traje gris, con ribetes negros en el chaleco, y se cree tan importante que ni siquiera encuentra un momento para mezclar las píldoras y hasta llega a no tocar un helado de chocolate. El griego se había puesto lo mejor de su guardarropa por la misma razón.

Un gran acontecimiento había ocurrido en su vida.

Era cerca de la hora de la cena cuando conseguí hablar a solas con ella. Él había subido a lavarse las manos y Cora y yo nos quedamos en la cocina.

—¿Has pensado mucho en mí, Cora?

—Claro. No iba a olvidarte tan pronto.

—Yo también pensé mucho en ti. ¿Cómo estás?

—¿Yo? Perfectamente.

—Te llamé un par de veces por teléfono, pero contestó él, y no quise darme a conocer. Gané algún dinero, ¿sabes?

—¡Ah, ¿sí? ¡Qué bien! Me alegro.

—Lo gané, pero después lo perdí. Pensaba que con ese dinero teníamos para empezar un pequeño negocio tú y yo, pero lo perdí.

—¡Qué barbaridad! No sé qué pasa con el dinero, que se va tan fácilmente.

—¿Es cierto que pensaste en mí, Cora?

—Es cierto.

—No parece, por la manera como te portas.

—Me porto perfectamente.

—¿No tienes un beso para mí?

—La cena está casi lista. Será mejor que subas, si piensas lavarte un poco.

Y así toda la noche. El griego sacó una botella de aquel vino dulce suyo y cantó varias canciones mientras estábamos allí sentados; en cuanto a Cora, parecía como si yo no fuese más que un individuo que había trabajado allí y del cual apenas si recordaba el nombre. Aquél fue el peor recibimiento que uno pueda figurarse.

Cuando llegó la hora de retirarnos a descansar dejé que subiesen y yo me fui afuera para meditar si debía quedarme y ver si podía volver a entenderme con ella o irme y tratar de olvidarla. Anduve bastante a lo largo del camino, no se cuánto ni cuánto tiempo, pero al cabo de un rato oí que dentro de la casa se estaban peleando. Emprendí el regreso y cuando ya estaba cerca me fue posible oír lo que decían. Ella le gritaba, furiosa, que yo me tenía que ir. Él murmuraba algo, probablemente que deseaba que yo me quedase para ayudarle en el trabajo. Trataba de hacerle bajar la voz, pero ella gritaba deliberadamente, para que yo pudiese oírla. De haberme hallado en mi habitación, donde ella creía que estaba, me hubiese sido posible oír perfectamente, pero hasta desde donde me encontraba podía oír bastante.

De pronto cesó la disputa. Me deslicé a la cocina y me quedé allí un rato escuchando. Pero no me era posible oír nada más que el martilleo de mi propio corazón, que hacía pum, pum; pum, pum... Se me ocurrió que aquélla era una extraña manera de latir, y, de pronto, comprendí que lo que pasaba era que había dos corazones en esa cocina.

Encendí la luz.

Cora estaba allí, vestida con un quimono rojo. Estaba pálida como una muerta y me miraba fijamente, empuñando un largo y afilado cuchillo. Cuando habló, lo hizo en un murmullo que parecía el silbido de una culebra.

—¿Por qué has vuelto?

—Porque tenía que volver, eso es todo.

—No es cierto. Yo hubiera podido soportarlo. Iba a poder olvidarte. Y ahora tuviste que volver; ¡maldito seas, tuviste que volver!

—¿Soportar qué?

—Lo que motiva ese libro de recortes. ¡Es para mostrárselo a sus hijos! Y ahora quiere tener uno, quiere tener uno en seguida.

—¿Y por qué no te viniste conmigo?

—¿Irme contigo? ¿Para qué? ¿Para dormir en los vagones de carga? ¿Por qué iba a irme contigo? ¡Dime!

No me fue posible hallar respuesta. Pensé en mis doscientos cincuenta dólares, pero ¿de qué valía decirle que ayer había tenido un poco de dinero, y que hoy lo había perdido jugando al billar?

—No sirves para nada —prosiguió ella.

—Lo sé.

—Entonces, ¿por qué no te vas para siempre y me dejas tranquila? ¿Por qué no me dejas en paz?

—Escúchame, Cora. Trata de engañarlo con eso del hijo, y ya veremos si se nos ocurre algo. Ya sé que no valgo gran cosa, pero te quiero, Cora; te lo juro.

—Lo juras, ¿y qué haces? Me lleva a Santa Bárbara, y le tendré que decir que le daré ese hijo, y tú..., tú vendrás con nosotros, ¡vas a estar en el mismo hotel que nosotros! Vendrás en el coche, tú...

Se detuvo, y nos quedamos mirándonos el uno al otro. Nosotros tres en el coche, ya sabíamos lo que eso significaría. Poco a poco nos fuimos acercando, hasta tocarnos.

—¡Dios mío, Frank! ¿Es que no hay otra solución que ésa para nosotros?

—¿Acaso hace un momento no ibas a clavarle ese cuchillo?

—No. Era para mí, Frank, no para él.

—Cora, es el destino. Ya hemos intentado todos los otros medios.

—No puedo tener un hijo griego grasiento, Frank. Sencillamente no puedo. Del único hombre de quien puedo tener un hijo es de ti: quisiera que fueses útil para algo. Eres listo, pero no sirves para nada.

—No sirvo para nada, pero te quiero.

—Sí. Y yo te quiero a ti.

—Engáñale. Sólo por esta noche.

—Bien, Frank. Sólo por esta noche.

7

Hay una senda, larga y serpeante,
que conduce al país de mis ensueños,
donde entona sus cantos la alondra
y brilla la luna blanca.

Hay una larga noche, larga noche de espera,
hasta que mis sueños se realicen,
hasta que el día en que pueda recorrer
esa larga, larga senda contigo.

—Están alegres, ¿eh?

—Demasiado alegres para mi gusto.

—Mientras usted no les permita tomar el volante, señorita, no les pasará nada.

—¡Ojalá! No debí haber salido con este par de borrachos; lo sé perfectamente, pero ¿qué podía hacer? Les dije que no iría con ellos y se empeñaron en ir solos.

—Se hubieran roto la cabeza.

—Claro. Es por eso que decidí conducir yo. No me quedaba otro remedio.

—Tiene usted razón. La gasolina es un dólar con sesenta, señorita. ¿Cómo anda de aceite?

—Creo que no necesito.

—Muy bien. Muchas gracias y buenas noches.

Cora subió nuevamente al coche y empuñó el volante, mientras el griego y yo seguíamos cantando. El coche arrancó. Todo aquello era parte de la comedia. Yo tenía que estar borracho, porque el fracaso de nuestra intento anterior me había curado de todo afán de concebir y ejecutar un crimen perfecto. Éste iba a ser un crimen tan miserable que ni siquiera sería crimen. Tan sólo iba a ser un vulgar accidente de tránsito, con tipos borrachos, bebidas en el coche, y demás. Claro que en cuanto yo empecé a beber, el griego se empeñó en beber él también; así es que ahora estaba precisamente en el estado que yo quería. Nos acabábamos de detener para comprar gasolina, a fin de tener un testigo de que Cora no estaba ebria; y de que de ninguna manera quería ponerse como nosotros, porque iba conduciendo y sería peligroso. Un rato antes la suerte se nos había mostrado propicia. Poco antes de cerrar el negocio, a eso de las nueve de la noche, llegó un individuo para comer algo, y después, como se había quedado en el camino, nos vio partir. No perdió ni un detalle de la comedia. Vio cómo dos o tres veces traté de poner en marcha el motor sin resultado. Escuchó la discusión que sostuvimos Cora y yo, porque ella decía que yo estaba demasiado borracho para conducir el coche. La vio bajar del vehículo y decir que no pensaba ir. Vio cómo yo intentaba irme solo con el griego, y después la vio hacernos bajar y cambiar de asiento, de modo que yo quedé atrás y el griego adelante, junto a ella, que empuñó el volante y se puso a manejar. Se llamaba Jeff Parker y era un criador de conejos de Encino. Cora tenía una tarjeta suya, que él le había dado unos minutos antes cuando, conversando, le dijo que era posible que incluyese algún plato de conejo en el menú. Sabíamos dónde encontrarlo en cualquier momento que lo necesitásemos.

El griego y yo íbamos cantando "Mamá Machree", "Sonríe, Sonríe", y "Junto al arroyo del viejo molino", y pronto llegamos al poste caminero que decía: "A la playa Malibu". Allí, Cora dobló. En verdad, debía haber seguido el camino por el cual íbamos. Hay dos caminos principales que llevan a la costa. Uno, que corre unos quince kilómetros tierra adentro, era el que habíamos estado siguiendo. El otro, que se extiende casi a orillas del océano, estaba a nuestra izquierda. Los dos se unen en Ventura y bordean el mar hasta Santa Bárbara, San Francisco y otros puntos más lejanos. Íbamos a decir que como Cora no conocía la playa Malibu, donde viven numerosos actores y actrices de Hollywood, tomó aquel camino para pasar por ella y después seguir hasta Santa Bárbara. En realidad habíamos elegido aquel camino porque ese tramo es de los peores de Los Ángeles, y un accidente de automóvil allí no sorprendería a nadie, ni siquiera a la policía. De noche es un camino muy oscuro y de muy escaso tránsito, sin casas ni nada; en una palabra, ideal para lo que nos proponíamos hacer.

El griego no se dio cuenta de nada por un buen rato. Pasamos frente a una pequeña colonia de verano que lleva el nombre de Lago Malibu, situada entre las colinas. En el club se estaba realizando una reunión danzante y en el lago se veían muchas parejas en canoas. Les lancé unos gritos, y el griego me imitó.

"Denme una chica para mí", decía. Aquello no tenía importancia, pero era una pequeña señal más de nuestro recorrido, si alguien se preocupaba por investigarlo.

Iniciamos el ascenso de la primera cuesta larga, internándonos en las montañas. Era una pendiente de unos cinco kilómetros. Yo le había dicho a Cora cómo debía subirla. Casi todo el tiempo fue en segunda, debido en parte a que el camino tenía curvas muy peligrosas cada treinta o cuarenta metros y el coche perdería velocidad tan rápidamente al tomarlas que Cora tendría que pasarlo a segunda para seguir avanzando. Pero también habíamos decidido hacerlo porque necesitábamos que el motor se calentase. No podíamos descuidar el menor detalle, deberíamos tener presente un montón de cosas.

De pronto, al mirar hacia afuera y ver lo oscuro que estaba y lo abrupto de aquella zona montañosa, sin luces, casas, ni estaciones de servicio a la vista, el griego volvió a sus cabales y se puso a argumentar:

—Un momento… Un momento… ¡Cuidado, que nos salimos del camino!

—No te preocupes, que yo sé por dónde voy. Este camino nos lleva a la playa Malibu, ¿no te acuerdas? Ya te dije que deseaba verla.

—Anda despacio.

—Yo voy despacio.

—Ve muy despacio o nos mataremos todos.

Llegamos a la cima e iniciamos el descenso cuesta abajo. Cora silenció el motor. Cuando cesa de funcionar el ventilador se calienta en seguida por un par de minutos. Al llegar al extremo de la cuesta lo hizo funcionar nuevamente. Miré el indicador de temperatura. Marcaba 200. Cora tomó la otra cuesta ascendente y la temperatura siguió subiendo.

—Sí, señor… Sí, señor…

Era nuestra señal, una de esas frases sin sentido que se pueden decir en cualquier momento y a las cuales nadie presta atención. Cora desvió el coche hacia un costado del camino. Debajo se abría un precipicio tan profundo que no nos era posible ver el fondo. Debía de tener por lo menos doscientos metros.

—Creo que será mejor dejar que se enfríe un poco el motor.

—¡Ya lo creo! —dijo el griego con voz pastosa—. Frank, ¿viste cuánto marca el indicador de temperatura?

—¿Cuánto marca?

—Doscientos cinco. Dentro de un minuto estará hirviendo.

—Déjalo que hierva.

Tomé la llave inglesa; la tenía entre mis pies. Pero en aquel instante, allá arriba, en la cima de la cuesta, vi las luces de otro coche. Era necesario esperar unos minutos, hasta que aquel coche pasase.

—Vamos, Nick, cántanos una de tus canciones.

El griego lanzó una mirada al siniestro paisaje. No parecía con ánimo de cantar. De pronto abrió la portezuela y bajó. Un segundo después lo oímos vomitar desde atrás. Estaba allí todavía cuando pasó el otro automóvil, cuyo número grabé en mi memoria. Me eché a reír. Cora volvió la cabeza para mirarme.

—No es nada. Es para que recuerden. Así podrán certificar que cuando se cruzaron con nosotros el griego y yo estábamos vivos.

—¿Te fijaste en el número del coche?

—Sí, 2R-58-01

—Bien. 2R-58-01... 2R-58-01... Ya no se me olvidará.

—Muy bien.

Nick se acercó hasta nosotros. Parecía que se hallaba mejor.

—¿Oíste, Frank?

—¿Qué cosa?

—Cuando te reíste. El eco. Hay un eco maravilloso aquí.

Dio una nota aguda. No era un canto, sino simplemente una nota alta, como en un disco de Caruso. De pronto la cortó y se puso a escuchar.

Y era cierto. El monte nos devolvía claramente aquella nota, que de pronto se cortó, tal como la había cortado él.

—¿Sonó igual que mi voz?

—Exactamente igual, Nick. Era la misma cosa.

—¡Vaya! ¡Hay que ver!

Estuvo allí por espacio de varios minutos, lanzando notas al aire y escuchando cómo el eco se las devolvía. Era la primera vez que oía su propia voz, y estaba tan contento como un gorila que se ve la cara en un espejo. Cora miraba fijamente. Teníamos que seguir con lo nuestro.

Yo fingí que me enojaba.

—¡Oye, griego del diablo! ¿Te crees que no tenemos otra cosa que hacer sino quedarnos aquí toda la noche escuchando cómo berreas? Vamos de una vez. Sube al coche y sigamos.

—Sí, Nick, se hace tarde —dijo Cora.

—Bueno, bueno.

Subió al coche, pero inmediatamente sacó la cabeza por la ventanilla y lanzó otra nota. Junté los pies, y mientras él tenía aún el mentón apoyado en el borde de la ventanilla, le pegué con la llave inglesa. Su cráneo crujió y yo sentí cómo se hundía. Se le encogió el cuerpo y quedó todo acurrucado en el asiento, como un gato sobre un sofá. Me pareció que pasaba una eternidad hasta que se quedó inmóvil. Y entonces Cora hizo una brusca aspiración que terminó en un gemido.

Porque en aquel instante el eco devolvía la nota del griego. Era la misma nota aguda, que subía, y se detenía y esperaba.

8

No hablamos una palabra. Ella sabía lo que tenía que hacer. Se acomodó en el asiento de atrás y yo subí adelante. Observé la herramienta a la luz del tablero de instrumentos; tenía salpicaduras de sangre. Descorché una de las botellas de vino que llevábamos y fui echando el líquido que contenía sobre la llave inglesa, hasta que desapareció toda la sangre. Lo eché de modo que el vino se derramó sobre el cuerpo del griego. Limpié bien la llave en una parte seca de sus ropas y se la di a Cora, para que la guardase debajo del asiento. Vertí más vino en el pedazo de tela con que limpié la llave, rompí la botella golpeándola contra la portezuela y se la puse encima. Después hice funcionar el motor; se oyó un gorgoteo producido por el vino que salía de una de las rajaduras de la botella. Recorrí unos metros y puse el coche en segunda. No me era posible lanzarlo a ese precipicio de doscientos metros ante el cual nos hallábamos. Era necesario que Cora y yo bajásemos detrás del coche, pues ¿cómo podríamos haber quedado vivos si se despeñaba desde semejante altura?

Avancé despacio, en segunda, hasta un lugar donde el precipicio no tendría una profundidad mayor de unos veinte metros. Al llegar allí adelanté el coche hasta el mismo borde, puse el pie en el freno y alimenté el motor con el acelerador de mano. En cuanto observé que la rueda derecha delantera quedaba suspendida sobre el precipicio, hundí el freno a fondo. El coche quedó clavado. Así lo quería yo. Tenía que estar engranado, con el encendido en funcionamiento; el motor silenciado lo mantendría hasta que terminásemos lo que teníamos que hacer.

Bajamos del coche. Fuimos por el medio del camino, no por el borde, para que no quedase huella alguna de nuestras pisadas. Cora me dio una piedra bastante voluminosa y un pedazo de madera de dos por cuatro, que yo había tenido la precaución de poner antes en la parte posterior del automóvil. Coloqué la piedra debajo del eje trasero y el pedazo de madera entre ella y el eje. Empujé hacia arriba. El coche se inclinó levemente, pero quedó suspendido, sin caer. Volví a empujar. Se inclinó algo más. Empecé a sudar. Estábamos allí, con un cadáver en el coche; ¿y si no podíamos despeñarlo?

Empujé de nuevo, pero esta vez Cora estaba a mi lado, haciendo fuerza también. Volvimos a empujar. Y de repente caímos rodando por el camino, mientras el coche iba dando enormes tumbos y volteretas precipicio abajo, con un ruido que se debería haber oído a una milla de distancia.

Por fin se detuvo. Sus faros seguían brillando, pero no se había incendiado. Ése era el gran peligro. Si el coche era consumido por las llamas —el encendido seguía funcionando— y el griego perecía carbonizado, ¿cómo explicar que nosotros no corriésemos idéntica suerte?

Tomé la piedra y la lancé precipicio abajo. Tomé el pedazo de madera, corrí un trecho y lo arrojé sobre el camino. No me preocupaba en absoluto. En cualquier camino pueden encontrarse por todas partes trozos de madera que se han caído de algún camión y que siempre están llenos de marcas hechas por los coches que después pasan sobre ellos. Éste podía ser perfectamente uno de ésos. Lo había dejado frente a la fonda un día entero y tenía marcas de neumático y los bordes carcomidos.

Volví corriendo donde se hallaba Cora, la alcé en brazos y me dejé caer por la pendiente. Había decidido hacerlo así, para evitar las huellas. Las mías no me importaban tanto, porque calculé que poco después bajarían muchos hombres al fondo del precipicio, para llegar al lugar donde se hallaba el automóvil; pero aquellos afilados tacones de los zapatos de Cora tenían que dejar huellas que apuntasen en la dirección debida por si a alguno se le ocurría fijarse.

La dejé en tierra. El coche estaba suspendido allí, apoyado en dos ruedas, más o menos a mitad del precipicio. El cuerpo del griego seguía en el interior, pero ahora estaba en el piso del coche. La botella estaba encajada entre el cuerpo y el asiento, y mientras Cora y yo mirábamos se oyó un gorgoteo. El techo del coche se había roto y los dos guardabarros aparecían completamente hundidos. Intenté abrir las puertas. Esto era muy importante, porque yo tenía que meterme junto al griego y hacerme unos tajos con los vidrios en distintas partes del cuerpo, mientras Cora corría al camino para pedir socorro. Las puertas se abrieron perfectamente.

Empecé a rasgarle la blusa y a arrancarle los botones, para que pareciese maltrecha. Ella me miraba y sus ojos no parecían azules, sino negros. Podía sentir su respiración agitada. De pronto se inclinó hacia mí.

—¡Desgárramela! ¡Desgárramela!

Lo hice. Introduje una mano bajo su blusa y di un tirón. El cuerpo de Cora quedó al descubierto desde el cuello hasta el vientre.

—Eso te lo hiciste mientras forcejeabas para salir del coche. La blusa se prendió de la manija de la portezuela.

Mi voz tenía un sonido raro, como si saliese de un gramófono con altoparlante de lata.

—Y esto no sabes cómo fue.

Di un paso hacia atrás y le apliqué un formidable puñetazo en un ojo.

Rodó por tierra. Estaba a mis pies, los ojos brillantes, y sus pechos temblaban ligeramente, erguidos hacia mí. Estaba allí, y mi aliento rugía en el fondo de mi garganta, como si yo fuese algún animal; sentía la lengua hinchada dentro de la boca, y la sangre me latía.

—¡Sí, Frank, sí!

Un instante después me había arrojado sobre ella; nuestros ojos se miraban fijamente, y estábamos abrazados y luchando por fundirnos el uno en el otro. El infierno podía habérsenos abierto en aquel instante, y no me hubiera importado nada. Tenía que ser mía, aunque me ahorcasen por ello.

Y fue mía.

9

Estuvimos tendidos en la tierra unos minutos, como si hubiésemos ingerido algún narcótico. En torno nuestro el silencio era tan absoluto que lo único que se oía era ese gorgoteo desde el interior del coche.

—¿Y ahora qué hacemos, Frank?

—Ahora tenemos que ir adelante, Cora; tienes que hacerte dura. ¿Estás segura de que podrás aguantar?

—Después de esto puedo aguantar todo.

—La policía te va a tener a mal traer. Tratarán de amilanarte. ¿Crees que podrás hacerles frente?

—Creo que sí.

—Tal vez te endilguen algún cargo. No creo que puedan, con todos esos testigos que tenemos, pero a lo mejor lo hacen y te pasas un año en la cárcel por homicida por imprudencia. No quiero que te forjes ilusiones. ¿Crees que podrás soportarlo?

—Siempre que al salir te encuentre esperándome...

—Estaré allí.

—Entonces podré.

—No te preocupes por mí. Yo estoy borracho. Hay testigos. Les diré cualquier cosa para hacerles perder la pista. Así, cuando esté fresco y diga lo que debo decir, me creerán.

—No lo olvidaré.

—Y tú estás furiosa conmigo, por la borrachera. Me consideras el culpable de todo.

—Comprendo.

—Bueno, entonces estamos listos.

—Frank...

—¿Qué?

—Una cosa. Tenemos que querernos. Si nos queremos, nada puede importarnos.

—¿Y acaso no nos queremos?

—Yo seré la primera en decirlo: te quiero, Frank.

—Te quiero, Cora.

—Bésame.

La besé estrechándola en mis brazos, y entonces vi una luz a la distancia en la colina del lado opuesto del barranco.

—Pronto, Cora. Sube al camino. Y sé fuerte. Pide auxilio, pero recuerda que todavía no sabemos que ha muerto.

—Bien.

—Después de salir del coche te caíste. Por eso tienes las ropas sucias de tierra.

—Sí. Adiós.

Empezó a subir la pendiente y yo me lancé hacia el interior del coche, pero de pronto descubrí que no tenía mi sombrero. Tenían que encontrarme dentro del coche y el sombrero debía estar junto a mí. Me puse a buscarlo a gatas. El otro coche se iba acercando más y más y ya estaba a sólo dos o tres curvas de distancia, y yo me hallaba aún sin el sombrero y no tenía una sola herida en mi cuerpo. Abandoné la búsqueda y di un paso hacia el automóvil. Rodé por tierra. Acababa de enganchar un pie en el sombrero. Lo agarré y salté al interior del coche. Y no bien el peso de mi cuerpo gravitó sobre el piso, el automóvil dio una voltereta y se precipitó barranco abajo.

Hasta no sé cuánto tiempo después, no supe nada más.

Cuando recuperé el sentido, estaba tendido en tierra y en derredor había numerosas personas. El brazo izquierdo y la espalda me dolían de tal manera que no era posible ahogar los gemidos. Sentía un zumbido extraño dentro de la cabeza y me parecía que la tierra se abría y que me subía a la boca todo lo que tenía en el estómago. Estaba y no estaba allí, pero tuve la presencia de ánimo suficiente para revolcarme por el suelo. Había tierra en mis ropas, y era necesario justificarla.

Poco después oí un ruido estridente, y al abrir los ojos me encontré dentro de una ambulancia. A mis pies iba sentado un agente de policía y un médico examinaba mi brazo. Apenas lo vi me volví a desmayar. Sangraba abundantemente, y entre el codo y la muñeca, estaba torcido como una rama de árbol. Me lo había fracturado.

Cuando reaccioné nuevamente, el médico estaba trabajando todavía en el brazo. Moví el pie y miré para ver si lo tenía paralizado. Se movía.

El agudo sonido de la sirena me hacía volver en mí a cada rato. Una de las veces, al abrir los ojos, volví la cabeza y vi el cuerpo del griego, que estaba tendido en la otra camilla.

—Hola, Nick.

Nadie dijo nada. Me quedé mirando un rato más el interior de la ambulancia, pero no pude ver a Cora.

Al cabo de un rato la ambulancia se detuvo y los enfermeros sacaron al griego. Yo esperaba que me sacasen a mí también, pero no lo hicieron. Entonces tuve la absoluta seguridad de que Nick estaba muerto y que esta vez no habría necesidad de inventarle historia alguna. Si los enfermeros nos hubiesen sacado a los dos, eso quería decir que estábamos frente a un hospital. Pero como lo sacaron a él solo era que se trataba del depósito de cadáveres.

La ambulancia reanudó la marcha pocos segundos después, y cuando se detuvo nuevamente me sacaron a mí. Me hicieron entrar y colocaron la camilla sobre una mesa con ruedas, que fue empujaba por dos enfermeros hasta una habitación blanca. Allí los médicos se dispusieron a arreglarme el brazo. Acercaron un aparato para darme la anestesia. Pero después empezaron a discutir. Había llegado un nuevo médico que dijo que era el médico de la cárcel, y los del hospital se enojaron bastante. La discusión era sobre esas pruebas para ver si uno está borracho. Si me aplicaban el éter primero, eso arruinaría la prueba del aliento, una de las más importantes. El médico de la cárcel impuso su voluntad y me hizo echar el aliento por un tubo de cristal a un líquido que parecía agua, pero que se volvió amarillo al respirar yo sobre él. Después me extrajo un poco de sangre y algunas otras muestras que echó en unos frasquitos por medio de otro tubo. Por fin, me aplicaron el éter.

Cuando empecé a reaccionar me encontré en una habitación, tendido en una cama. Tenía la cabeza cubierta de vendas, igual que el brazo fracturado, descansando en un cabestrillo. La espalda me la habían cubierto de tira emplástica, de modo que apenas podía moverme. Al lado de mi cama estaba un agente de policía, leyendo el diario de la mañana. La cabeza, la espalda y el brazo me dolían horriblemente. Un rato después entró una enfermera, que me dio una píldora. Y en seguida me quedé dormido.

Cuando desperté, era aproximadamente mediodía y me dieron de comer. Entraron otros dos agentes de policía, volvieron a ponerme en una camilla, y un rato después estaba de nuevo en una ambulancia.

—¿Adónde vamos?

—A hacer la indagación.

—¿La indagación? Eso se hace cuando ha muerto alguien, ¿no es así?

—Así es.

—¿Murieron, entonces?

—Sólo uno de ellos.

—¿Cuál?

—El hombre.

—¡Oh! Y la mujer, ¿resultó herida de gravedad?

—De gravedad, no.

—Mi situación debe ser bastante comprometida, ¿verdad?

—Cuidado, compañero. No nos oponemos a que hable, si lo desea, pero debemos advertirle que cualquier cosa que diga puede ser usada en su contra.

—Está bien. Gracias.

Cuando nos detuvimos vi que nos hallábamos ante una empresa de pompas fúnebres de Hollywood. Me hicieron entrar. Lo primero que vi fue a Cora, bastante maltrecha. Tenía puesta una blusa que le había prestado la celadora de la prisión. Le quedaba enormemente grande. Su traje y sus zapatos estaban sucios de tierra y el ojo que yo le había golpeado presentaba una gran hinchazón. La celadora estaba con ella. El investigador judicial se hallaba sentado detrás de una mesa y a su lado se encontraba un secretario o algo por el estilo. A un costado había una media docena de individuos que parecían muy disgustados, y a cuyo lado montaban guardia unos cuantos agentes. Eran los del jurado. Había también otras personas, a las cuales unos agentes de policía llevaban hacia el lugar donde debían colocarse. El empresario de pompas fúnebres iba de un lado a otro en puntillas, y a cada momento le ofrecía una silla a alguien. Trajo dos, una para Cora y la otra para la celadora. A un costado de la habitación, sobre una mesa, había algo cubierto con una sábana.

No bien me colocaron a su gusto, sobre una mesa, el investigador judicial golpeó repetidamente sobre su mesita con un lápiz y empezó la función. Lo primero fue la identificación legal del cadáver. Cora se echó a llorar cuando uno de los agentes levantó la sábana, y a mí tampoco me agradó mucho el espectáculo.

Después que ella hubo mirado, al igual que yo y el jurado, volvieron a dejar caer la sábana.

—¿Conoce usted a ese hombre?

—Era mi marido.

—¿Su nombre?

—Nick Papadakis.

Después vinieron los testigos. El sargento informó que se lo había llamado y que fue al lugar del accidente con dos agentes después de telefonear pidiendo una ambulancia. Dijo que había enviado a Cora en un coche del cual se hizo cargo, mientras que Nick había fallecido en el camino hacia el hospital, por lo que lo había llevado al depósito de cadáveres.

A continuación, un individuo llamado Wright dijo que iba en su coche por el camino de Santa Bárbara, y que al doblar una de las curvas oyó un grito de mujer e inmediatamente después el estrépito de un coche que se despeñaba dando volteretas barranco abajo, con los faros encendidos. Poco después vio a Cora en el camino, haciéndole señas; bajó por el barranco con ella hasta el coche, y trató de sacar al griego y a mí del interior. No le fue posible hacerlo, porque estábamos debajo del automóvil, por lo cual envió a su hermano, que iba con él en su coche, a que fuese a pedir ayuda.

Al poco rato habían llegado otras personas, y cuando los agentes de policía se hicieron cargo de todo nos extrajeron del coche destruido y nos metieron en una ambulancia. A renglón seguido, el hermano de Wright declaró poco más o menos lo mismo, agregando que había sido él quien llevó a los policías.

Después compareció el médico de la cárcel, quien informó que yo me hallaba borracho y que el examen del estómago del griego había demostrado que él también estaba ebrio, pero que Cora se hallaba completamente fresca. Luego dijo cuál fue el hueso cuya fractura provocó la muerte del griego. Cuando terminó el investigador judicial se volvió hacia mí, preguntándome si deseaba declarar.

—Sí, señor, no tengo inconveniente.

—Es mi deber advertirle que cualquier declaración que usted haga puede ser legalmente usada en su contra, y que no tiene usted obligación alguna de declarar, si no lo desea.

—No tengo nada que ocultar.

—Perfectamente. ¿Qué puede usted decirnos sobre esto?

—Lo único que sé es que primeramente iba conduciendo el coche sin la menor dificultad, pero, de pronto, sentí que se hundía y que algo me golpeaba. Es todo cuanto recuerdo desde ese instante hasta el momento en que recuperé el sentido en el hospital.

—¿Era usted quien conducía el coche?

—Sí, señor.

—¿Está usted seguro de que era usted quien conducía?

—Sí, señor, era yo.

Aquello era un disparate cualquiera, que más adelante, una vez que estuviésemos allí donde realmente tenían importancia las palabras que se pronunciaban, habría de desmentir. Calculé que si primero les endilgaba una historieta poco verosímil, para desmentirla después con otra totalmente distinta, se creería que la segunda era la verdadera, mientras que si desde ahora les contaba una historia bien preparada, parecería justamente lo que era: una historia bien preparada. Iba a hacer que ésta fuera diferente desde el primer momento. Quería aparecer con tintes desfavorables desde el comienzo mismo. No importaba. Si al final se descubría que no era yo quien guiaba el coche al producirse la catástrofe, no importaba nada la primera impresión que mis palabras hubiesen producido, y no me podrían probar culpa alguna. Lo que temía era cualquier cosa que se pareciese a aquel crimen perfecto que habíamos intentado la vez anterior. El menor descuido y estábamos perdidos. Pero si estaba desde ahora comprometido, podrían aparecer varias cosas y yo no estaría mucho peor. Cuanto peor apareciese por el hecho de hallarme borracho, tanto menos se podría sospechar que se trataba de un asesinato.

Los agentes de policía se miraron unos a otros y el investigador judicial me observó como si pensase que estaba loco. Todos ellos estaban enterados de cómo me habían extraído de la parte posterior del automóvil.

—¿Está usted seguro de lo que dice? ¿De que era usted quien guiaba?

—Absolutamente seguro.

—¿Había estado bebiendo?

—No, señor.

—¿Conoce usted el resultado de las pruebas

de ebriedad a que fue sometido después del accidente?

—No sé nada de pruebas, ni me interesan. Lo único que sé es que no había estado bebiendo.

El investigador se volvió hacia Cora.

Ella dijo que estaba dispuesta a declarar lo que sabía.

—¿Quién guiaba el auto?

—Yo, señor.

—¿Y dónde iba este hombre?

—En el asiento de atrás.

—¿Había estado bebiendo?

Ella desvió la mirada, tragó saliva, y dijo con voz llorosa:

—¿Tengo que contestar esa pregunta, señor?

—Si no desea hacerlo, no tiene obligación de contestarla.

—Entonces, no deseo contestarla.

—Muy bien. Cuéntenos con sus propias palabras lo que ocurrió.

—Yo iba guiando el coche. Llegamos a una prolongada cuesta hacia arriba, y el motor se recalentó. Mi marido me dijo que sería mejor que nos detuviésemos, para que se enfriara un poco.

—¿Qué temperatura registraba?

—Más de 200.

—Prosiga.

—Cuando tomamos la cuesta descendente paré el motor, y cuando llegamos abajo estaba todavía bastante caliente. Entonces decidí detenerme un rato antes de tomar la otra cuesta. Después volví a ponerlo en marcha. No sé lo que sucedió. Aceleré y comprobé que el automóvil no respondía. Lo puse en segunda rápidamente y oí que los dos hombres hablaban. De pronto, sentí que un costado del coche se hundía en el borde del barranco. Les grité que saltasen, pero era ya demasiado tarde. Sentí que el coche daba unas volteretas, y lo primero que recuerdo desde entonces es que traté de salir del automóvil, que lo conseguí y que subí al camino para pedir auxilio.

El investigador judicial se volvió nuevamente hacia mí.

—¿Qué intenta usted hacer, proteger a esta mujer?

—No veo que ella trata de protegerme a mí, señor.

El jurado salió de la habitación, y poco después regresó con su sentencia: que el llamado Nick Papadakis había encontrado la muerte como consecuencia de un accidente de automóvil en el camino de Santa Bárbara, producido, en parte o enteramente, por descuido criminal mío y de Cora, y recomendaba que se nos pusiese a disposición del gran jurado de acusación.

Aquella noche, en el hospital, me hizo compañía otro policía, y a la mañana siguiente me dijo que vendría a verme Mr. Sackett, y me aconsejó que me preparase. Apenas podía moverme todavía, pero hice que el peluquero del hospital me afeitase, acicalándome lo mejor que fuese posible. Sabía perfectamente quién era Sackett. Desempeñaba el cargo de fiscal del distrito. A eso de las diez y media se presentó en la habitación e hizo salir al agente de policía. Quedamos solos

los dos. Era un hombre alto y corpulento, completamente calvo, y de modales vivos.

—Bueno, bueno. ¿Cómo se siente?

—Muy bien, señor fiscal. Un poco débil todavía, pero bastante mejor.

—Como dijo el hombre que se cayó del avión: "El vuelo fue espléndido, pero el descenso un poco brusco".

—Así es.

—Bien, Chambers. No tiene obligación alguna de hablar conmigo, si no lo desea, pero he venido aquí, en parte para ver qué clase de hombre es usted, y en parte porque la experiencia me ha enseñado que una conversación franca y sincera ahorra muchas palabras ulteriores y, algunas veces, allana el camino para la solución de un caso. De cualquier manera, una vez explicado todo, como dicen, estoy seguro de que nos entenderemos.

—Claro que sí, señor fiscal. ¿Y qué desea usted saber?

Procuré parecer lo más huidizo posible, y el fiscal se me quedó mirando.

—¿Qué le parece si empezamos por el principio?

—¿Se refiere usted a ese paseo en el automóvil?

—Eso es. Me gustaría que usted me contase todo lo que se refiera a ese paseo.

Se puso de pie y empezó a pasearse por la habitación. La puerta estaba junto a mi cama, y de pronto me incliné y la abrí de un golpe. El agente de policía estaba a cierta distancia, en el corredor, conversando con una enfermera. Sackett lanzo una carcajada.

—No, no, amigo. No hay nada de dictáfonos aquí. Además esas cosas no se emplean más que en las películas.

Sonreí como avergonzado. El fiscal se sentía justo como yo quería. Acababa de intentar una tonta jugarreta y él salía triunfante de ella. Precisamente lo que yo buscaba.

—Muy bien, señor fiscal. Lo que acabo de hacer fue una tontería. Discúlpeme. Empezaré desde el principio y se lo contaré todo. Comprendo que estoy en un lío, pero me doy cuenta también de que las mentiras no me ayudarán en nada.

—Ésa es la actitud que conviene, Chambers.

Le conté que había dejado de trabajar con el griego y cómo unos días después nos encontramos en la calle y me pidió que volviese con él, invitándome después a esa fiesta en Santa Bárbara, para hablar, entretanto, al respecto. Le conté cómo los dos habíamos bebido copiosamente y cómo emprendimos la marcha, guiando yo el coche. Entonces me interrumpió.

—¿Así que era usted quien guiaba?

—Supongamos que usted me lo dice a mí.

—¿Qué quiere decir?

—Quiero decir que sé lo que ella declaró en la investigación judicial y que oí lo que declararon los agentes de policía. Sé dónde me encontraron, así que sé también quién iba manejando el coche cuando se despeñó. Era ella. Pero si lo cuento todo tal como lo recuerdo, tengo que decir que era yo quien guiaba. Le aseguro que no le mentí al investigador judicial, señor fiscal. *Todavía tengo la impresión de que era yo quien guiaba.*

—Pero mintió respecto a la borrachera.

—Sí, señor. Estaba lleno de éter y píldoras y remedios que me habían dado, y mentí. Pero ahora estoy bien, y tengo el suficiente sentido común para saber que la verdad es lo único que puede salvarme de este apuro en que me encuentro, si es que hay algo que pueda salvarme. Sí, señor: estaba borracho. Bien borracho, y lo único que se me ocurrió pensar fue: no debo confesar la borrachera porque iba manejando el coche, y si descubren que estaba borracho estoy perdido.

—¿Eso es lo que declaró ante el jurado?

—Tendría que hacerlo, señor fiscal. Pero lo que no llego a entender es cómo pudo ser ella quien guiaba el coche. Sé que al salir lo guiaba yo. Lo sé. Hasta recuerdo a un tipo que estaba parado cerca del coche, riéndose de mí. ¿Cómo es posible entonces que fuese ella quien guiaba cuando volcamos?

—Usted no lo condujo ni diez metros.

—Querrá decir diez kilómetros.

—Quiero decir diez metros. Porque apenas arrancaron, ella tomó el volante.

—Caramba... ¡Vaya si debo haber estado borracho!

—Ésa es una de las cosas que el jurado podría creer, tal vez. Ofrece ese aspecto de cosa inverosímil que generalmente tiene la verdad. Sí, sí; es posible que el jurado lo creyese.

Se quedó un rato mirándose las uñas y yo tuve que hacer un enorme esfuerzo para reprimir la sonrisa que pugnaba por aparecer en mi rostro. Me tranquilicé cuando él empezó a hacerme nuevas preguntas, porque aquello me daba la oportunidad de fijar la mente en otras cosas que no fuesen la facilidad con que había conseguido engañarlo.

—¿Cuándo empezó usted a trabajar para Papadakis, Chambers?

—El invierno pasado.

—¿Cuánto tiempo estuvo con él?

—Hasta hace un mes. Tal vez unas seis semanas.

—Entonces trabajó para el unos seis meses, ¿no?

—Aproximadamente.

—Y antes de eso, ¿qué hacía?

—Andar de un lado para otro.

—De aquí para allí y subiéndose a los vagones de carga, ¿verdad? Habrá comido infinidad de veces sin pagar, ¿eh?

—Sí, señor.

Sacó una cartera y de ella extrajo un montón de papeles que puso sobre la mesa y revisó uno por uno.

—¿Ha estado alguna vez en San Francisco?

—Nací allí.

—¿Y en Kansas City? ¿Nueva York? ¿Nueva Orleáns? ¿Chicago?

—Conozco todas esas ciudades.

—¿Estuvo alguna vez preso?

—Sí, señor fiscal. Cuando uno anda vagabundeando de un lado a otro es muy fácil meterse en líos con la policía. Sí, señor, he estado en la cárcel de Tucson, por meterme en un terreno del ferrocarril.

—¿Y en Salt Lake City, San Diego y Wichita?

—Sí, señor. En todos esos lugares.

—¿En Oakland?

—También en Oakland. Tres meses, por una pelea con un detective del ferrocarril.

—Lo dejó bastante maltrecho, según tengo entendido, ¿verdad?

—Sí, señor, pero yo también salí bastante estropeado de la pelea, puedo asegurárselo.

—¿Y en Los Ángeles?

—Una vez. Pero sólo por tres días.

—Chambers, ¿cómo fue que empezó a trabajar para Papadakis? Cuénteme eso.

—Fue algo así como una casualidad. Estaba sin dinero y él necesitaba alguien que lo ayudase. Llegué allí en busca de algo que comer, él me ofreció un empleo y lo acepté.

—Chambers, ¿no le parece que eso es un poco extraño?

—No entiendo lo que me quiere decir, señor fiscal.

—Que después de andar dando tumbos de un lado a otro durante tantos años, sin trabajar jamás como Dios manda, y sin siquiera intentar hacerlo, que yo sepa, repentinamente se haya establecido en un lugar y comenzado a trabajar en un empleo fijo.

—La verdad es que no me gustaba mucho.

—Sin embargo se quedó.

—Es que Nick era uno de los hombres más simpáticos que he conocido. Después de ganarme unos pesos intenté decirle que estaba harto, pero no tuve valor al pensar en las dificultades que Nick había tenido siempre con sus dependientes. Cuando sufrió el accidente en la bañera y se hallaba en el hospital, me largué. Sencillamente me largué. Comprendo que debí portarme mejor, pero siempre he sido medio vagabundo, y cuando los pies me dicen: "Vamos", tengo que seguirlos. Y me largué sin decir nada.

—Y después, al día siguiente de volver usted, su patrón se mata.

—Señor fiscal, usted me hace sentir bastante mal. Porque aunque tal vez declare en forma distinta ante el jurado, a usted debo decirle que me considero en buena parte culpable de lo ocurrido. De no haber estado allí y de no haber invitado a Nick a beber, tal vez no habría sucedido lo que sucedió. Entiéndame, señor fiscal, es posible que todo eso no haya tenido nada que ver. No sé. Yo estaba completamente borracho, y en realidad no sé lo que ocurrió. Pero lo que no puede negarse es que si ella no hubiese tenido consigo dos borrachos en el coche, tal vez hubiese guiado mejor, ¿no? Por lo menos a mí me parece.

Observé al fiscal para ver cómo lo tomaba. Ni siquiera me miraba. Pero de pronto se levantó de un salto, se acercó a mi cama y me tomó de un hombro.

—Vamos, Chambers, confiese. ¿Por qué se quedó trabajando seis meses con Papadakis?

—Señor fiscal, no le comprendo.

—Me comprende perfectamente. He visto a esa mujer, Chambers, y creo adivinar por qué se quedó. Ayer vino a mi despacho. Tenía un ojo amoratado y parecía muy maltrecha, pero a pesar de todo estaba bastante bien. Por una mujer como ella más de un hombre habría dicho adiós al camino, por muy andariego que tuviese los pies.

—Pues los míos siguieron siendo andariegos. No, señor fiscal. Le aseguro que está usted equivocado.

—Sus pies no anduvieron mucho tiempo, Chambers. No, no, todo esto está demasiado bien. Tenemos aquí un accidente de automóvil que ayer era un caso evidente de homicidio por imprudencia y que hoy se nos ha evaporado hasta quedar en la nada. Mire donde mire, aparece un testigo que me cuenta algo. Y cuando trato de unir todas esas declaraciones, resulta que no tengo nada. Vamos, Chambers, usted y esa mujer asesinaron al griego, y cuanto antes lo confiese, mejor será para usted.

Confieso que en aquel instante ninguna sonrisa había en mis labios. Sentía que se me paralizaban.

Intenté decir algo, pero no me fue posible articular una sola palabra.

—Vamos, ¿por qué no me contesta?

—Usted me está tendiendo una trampa, señor fiscal. Me está tendiendo una trampa para hacerme caer en algo muy grave. No tengo nada que decirle.

—Hace un momento usted estaba bastante locuaz, Chambers, cuando me decía que sólo la verdad podía sacarlo con bien de este apuro. ¿A qué obedece este mutismo de ahora?

—Es que usted me confunde.

—Bueno. Vamos a tomar el asunto por partes, para que no se confunda. En primer lugar, usted ha tenido algo que ver con esa mujer, ¿verdad?

—Nada de eso.

—¿Y durante la semana que Papadakis estuvo en el hospital? ¿Dónde durmió todos esos días?

—En mi habitación.

—¿Y ella durmió en la suya? Vamos, Chambers... Le digo que he visto a esa mujer. Yo, en su caso, hubiera dormido en su habitación, aunque para ello me fuese necesario echar la puerta abajo y que me colgaran por violación. Y usted lo hubiese hecho también. Usted lo hizo.

—Ni siquiera se me ocurrió.

—¿Y todos esos viajes que hizo con ella al mercado de Hasselman, en Glendale? ¿Qué hacía con ella en el viaje de regreso?

—Fue el mismo Nick quien me dijo que la acompañase.

—No le pregunto quién le dijo que fuese. Le pregunto lo que hizo.

Estaba tan intranquilo que tenía que hacer algo en seguida para disimular. Lo único que se me ocurrió fue fingirme enojado.

—Bueno. Supongamos que sea como usted dice. No es cierto, pero usted dice que sí y no voy a contradecirle. Pero dígame: si la conquista de la mujer era tan fácil, ¿para qué eliminar al marido? Señor fiscal, he oído hablar de individuos que han cometido un crimen para obtener lo que usted dice que yo iba a conseguir, pero jamás he oído de nadie que asesine a un hombre para lograr algo que ya tenía.

—Ah, ¿no? Pues voy a decirle por qué planeó usted el asesinato. En primer lugar, por la propiedad, por la que Papadakis pagó catorce mil dólares al contado; y además, por ese pequeño regalo de Reyes que usted y ella creyeron que iban a recibir y con el cual iban seguramente a recorrer mundo. Esa pequeña póliza de seguro contra accidentes, por diez mil dólares, que había sacado Papadakis.

Yo seguía viendo su cara, pero todo se estaba volviendo oscuro y tenía que hacer desesperados esfuerzos para mantenerme sentado en el lecho. Un segundo después el fiscal me acercaba un vaso de agua a la boca.

—Beba unos tragos. Le sentará bien.

Bebí. Tenía que hacerlo.

—¡Chambers! Creo que éste será el último asesinato en que intervendrá usted por mucho tiempo, pero si algún día intenta otro, cuide mucho de meterse con las compañías de seguros. Esas compañías están siempre dispuestas a gastar cinco veces más que la justicia de Los Ángeles para ventilar un proceso. Todas ellas tienen detectives cinco veces mejores que cualquiera de los que me es posible conseguir. Además, esa gente sabe lo que hace y ahora anda ya siguiéndole el rastro. Para ellos este asunto significa dinero. Es aquí donde usted y ella cometieron el error.

—Señor fiscal, que me muera si miento; hasta este momento ni siquiera había oído hablar de esa póliza de seguro.

—Sin embargo se puso pálido como un muerto.

—¿No le hubiera pasado a usted lo mismo?

—Bueno, ¿por qué no me pone de su lado desde el primer momento? ¿Qué le parece si me lo confiesa todo, se declara culpable, y yo trato de aliviarle la pena todo lo posible? Le prometo pedir clemencia para usted y ella. ¿En qué queda todo eso que me decía hace un rato sobre la verdad y que únicamente por medio de ella podría salvarse? ¿Cree que podrá zafarse con mentiras? ¿Cree que yo permitiré eso?

—No sé lo que usted está dispuesto a permitir. Y no me importa absolutamente nada. Usted defiende su causa y yo la mía. Pero yo soy inocente de ese asesinato y a eso me aferro. ¿Me ha comprendido?

—Así que ahora se hace el malo, ¿eh? Muy bien; aténgase a las consecuencias. Y oiga un poco lo que más adelante va a oír el jurado. En primer lugar, usted dormía con esa mujer, ¿no es así? Después, Papadakis sufrió un pequeño accidente, y usted y ella se divirtieron en grande mientras duró su ausencia. De noche juntos en la cama, y de día en la playa, y entre una cosa y otra agarraditos de las manos y mirándose a los ojos. Pero un día se les ocurrió a los dos una excelente idea. Ahora que el griego había sufrido un accidente convendría convencerle de que tomase una póliza de seguros y después quitarlo del medio. Y usted se fue para que ella tuviese la oportunidad de convencerlo. Ella se esforzó y, por fin, consiguió lo que quería. El griego tomó el seguro, una buena y suculenta póliza, que lo protegía contra accidente, enfermedades y todo lo demás. La primera cuota le costó cuarenta y seis dólares con setenta y dos centavos. Ya estaba todo listo. Dos días después, Frank Chambers se encontró en la calle con Nick Papadakis, en la forma más casual del mundo, y Nick hizo lo posible para que volviese a trabajar con él. ¡Y qué cosa! Nick y su mujer habían decidido ir a Santa Bárbara y ya tenían reservada habitación en el hotel y todo. Y, claro está, Nick invitaría a Chambers a que fuese con ellos, para recordar los viejos tiempos. Y usted fue con ellos, Chambers. Emborrachó al griego y se emborrachó usted, pero no tanto. Metió un par de botellas de vino en el coche, para despistar a la policía. Después tomaron el camino de la playa de Malibu, para que ella la conociese. ¿No le parece que ésta fue una gran idea? Eran los once de la noche y ella iba a guiar el coche hasta la playa, para mirar un montón de casas con unas cuantas olas a unos metros de distancia. Pero no consiguieron llegar allí. Se detuvieron. Y mientras estaban detenidos, "coronó" al griego con una de las botellas de vino. Un hermoso objeto para golpear a un hombre, Chambers, y nadie lo sabía mejor que usted, porque fue también con una botella de vino con lo que desmayó a ese detective de ferrocarril de Oakland, ¿recuerda? Bueno. Lo liquidó y entonces ella puso en marcha el coche. Y mientras salía al estribo, usted, desde el asiento de atrás, se inclinó para tomar el volante y alimentar el motor con el acelerador de mano. No necesitaba mucho combustible, porque estaba en segunda. Y después que ella estuvo en el estribo, tomó el volante y siguió haciendo funcionar el acelerador de mano. Le tocó a usted el turno de salir al estribo. Pero usted estaba un poco borracho, ¿verdad? Estuvo demasiado lento y ella lanzó el coche sobre el borde demasiado pronto. Ella saltó y usted se quedó atrapado, ¿no fue así?

Usted, seguramente, piensa que un jurado no creerá eso. Pues lo creerá, amiguito, porque le voy a demostrar todo lo que digo, desde el principio al fin del viaje, y, cuando lo haga, no habrá clemencia para usted. Irá derechito a la horca, y cuando lo bajen lo enterrarán junto a todos los otros que fueron demasiado idiotas para llegar a un acuerdo conmigo, cuando tuvieron la oportunidad de salvar el pellejo.

—Nada de lo que usted acaba de decir ocurrió, por lo menos, que yo sepa.

—¿Qué es lo que intenta decirme ahora? ¿Que fue ella quien lo asesinó?

—No trato de decirle que lo asesinó nadie. ¡Y déjeme en paz! No ocurrió nada de lo que usted acaba de decir.

—¿Usted cómo lo sabe? Creí que me había dicho hace un rato que estaba completamente borracho.

—No ocurrió nada de eso, que yo sepa.

—¿Entonces quiere decir que fue ella?

—No quiero decir nada de eso. Quiero decir lo que digo y nada más que lo que digo.

—Escúcheme, Chambers. En el coche iban tres personas: usted, ella y el griego. No hay duda de que el griego no fue quien lo hizo. Si no fue usted, entonces no queda más que otra persona: ella. ¿No le parece?

—¿Y quién diablos dice que nadie lo haya hecho?

—Yo. Y ahora creo que vamos progresando, Chambers, porque puede ser que no haya sido usted el culpable. Usted asegura que dice la verdad, y es muy posible que sea así. Pero si usted dice la verdad, y no tenía interés alguno en esa mujer más que como esposa de un amigo, entonces tiene que hacer algo, ¿no le parece? Y ese algo es firmar una demanda contra ella.

—¿Qué quiere decir con eso de demanda?

—Si mató al griego, se desprende que también intentó matarlo a usted. Y usted no debe permitir que no reciba el castigo que se merece. Si no, cualquiera podría sospechar que en todo esto hay algo bastante raro. Pasaría usted por idiota si dejara que todo quedase así. Ella asesina al marido para cobrar la póliza de seguro y trata de matarlo a usted también. Usted tiene que hacer algo, ¿no le parece?

—Si supiese que es cierto, tal vez, pero no me consta.

—Pero si yo se lo probase tendría que firmar, ¿no?

—Claro, siempre que usted me lo probara.

—Muy bien. Se lo probaré. Cuando usted detuvo el coche bajó al camino, ¿no es así?

—No.

—¡Cómo! Creí que estaba tan borracho que no recordaba nada. Ésta es la segunda vez que recuerda usted algo en los últimos minutos, Chambers. Me asombra.

—Quise decir que no recuerdo.

—Pero bajó. Escuche la declaración que tengo aquí: "No me fijé mucho en el coche, como no fuera para ver que una mujer estaba sentada al volante y que un hombre, en el interior, reía a carcajadas cuando cruzamos, mientras otro hombre se hallaba en el camino, detrás del coche, descompuesto". Ese hombre descompuesto era usted, lo cual demuestra que bajó del coche. Fue en ese momento cuando ella golpeó a Papadakis con la botella. Y cuando usted volvió no se dio cuenta de nada porque estaba borracho como una cuba y Papadakis estaba muerto ya. Usted se recostó en el respaldo del asiento y se quedó dormido, y entonces ella puso el coche en segunda, lo siguió alimentando sin parar un segundo con el acelerador de mano, y en cuanto se hubo pasado al estribo lanzó el automóvil al precipicio.

—Eso no es una prueba.

—Sí, lo es. Ese testigo Wright dice que el coche iba dando volteretas barranco abajo cuando él dio vuelta a la última curva del camino, *pero que la mujer estaba allí arriba, en el camino, haciendo señales de socorro.*

—Tal vez saltó.

—Si saltó es muy extraño que se haya llevado la cartera, ¿verdad? Chambers: ¿cree usted que una mujer puede guiar un coche con la cartera en la mano? Y cuando salta del coche, ¿cree que le queda tiempo para recoger la cartera? No, Chambers, eso no es posible. No es humanamente posible saltar de un coche cerrado que va dando volteretas barranco abajo. Lo que pasa es que la mujer no estaba ya en el coche cuando se despeñó. Creo que he probado perfectamente lo que dije, ¿no le parece?

—No sé.

—¿Cómo que no sabe? ¿Va a firmar la acusación o no?

—No.

—Escuche, Chambers, y ponga toda su atención a lo que voy a decirle. No fue una casualidad que el coche cayera al precipicio precisamente un segundo antes. Es que usted o ella tenían que salvarse, y ella no estaba dispuesta a que fuese usted.

—Déjeme tranquilo. No sé de qué está usted hablando.

—Y oiga esto otro. Sigue siendo una cuestión entre usted o ella. Si usted, como me lo ha asegurado varias veces, es inocente del crimen, será mejor que firme esa acusación. Porque si no la firma, entonces ya sé a qué atenerme. Y lo mismo ocurrirá con el jurado. Y el juez.

Me miró fijamente por espacio de unos segundos y luego salió, pero para regresar poco después con otro individuo. Éste se sentó e hizo un formulario con una estilográfica. Cuando terminó, Sackett me lo acercó.

—Firme, Chambers. Aquí.

Firmé. Mi mano transpiraba tanto que el tipo que había traído el fiscal tuvo que secar el papel.

10

Cuando el fiscal se retiró volvió a la habitación el agente de policía, y me propuso jugar una partida de naipes. Jugamos unas manos, pero no me era posible concentrar la mente en el juego. Para disculparme le dije que me ponía nervioso tener que manejar las cartas con una sola mano, y dejamos de jugar.

—Parece que el fiscal lo tiene atrapado, ¿no?

—Un poco.

—Es un verdadero león. No hay uno que consiga escapársele. Tiene toda la traza de un predicador religioso, lleno de amor a la humanidad; pero la verdad, es que tiene un corazón de piedra.

—Tiene razón, de piedra.

—En esta ciudad no hay más que un tipo que le gana siempre.

—¿Sí?

—Un tipo que se llama Katz. ¿No ha oído usted hablar de él?

—Sí, claro.

—Es amigo mío.

—Es la clase de amigos que vale la pena tener.

—Oiga una cosa, Chambers. Usted, por ahora, no debe nombrar abogado. Todavía no ha sido acusado oficialmente, y hasta que eso ocurra no puede llamar a un abogado. Pueden tenerlo hasta cuarenta y ocho horas incomunicado, lo cual quiere decir que no le permitirán ver a nadie de afuera. Pero si se presenta aquí por su cuenta no puedo impedirle que lo vea, ¿comprende? No sería difícil que Katz viniese a verlo, si yo lo encontrase por casualidad y hablase con él.

—Eso quiere decir que le pasan una comisión, ¿no?

—Eso significa solamente que Katz es un buen amigo mío. Ahora que, claro, si no me diese comisión no sería un buen amigo mío, ¿verdad, Chambers? ¡Es un gran tipo! Es el único en esta ciudad capaz de pegársela al fiscal Sackett.

—Muy bien. Acepto. Y cuanto antes, mejor.

—En seguida vuelvo.

Salió por un corto rato, y cuando volvió me

guiñó un ojo. Y, en efecto, poco después llamaron a la puerta y entró Katz. Era un hombre pequeñito, de unos cuarenta años de edad, de rostro apergaminado y bigotito negro. Lo primero que hizo al entrar fue extraer de uno de sus bolsillos una bolsita de tabaco Bull Durham y un librillo de papel de fumar, con los cuales se armó lentamente un cigarrillo. Cuando lo encendió dejó que el cigarrillo se quemara hasta la mitad por un costado, y luego no volvió a ocuparse de él. El cigarrillo quedó allí, pendiente de un lado de su boca, y si estaba encendido o apagado, o si Katz estaba dormido o despierto, nunca pude saberlo. Estaba allí sentado, con los ojos semicerrados, una pierna echada sobre el brazo del sillón y el sombrero en la nuca. Podía pensarse que era un espectáculo deprimente para un tipo en mi situación, pero no lo era. Tal vez estuviese dormido, pero aun así, daba la impresión de saber más que muchos hombres despiertos, y al mirarlo, sentí que se me hacía un nudo en la garganta. Parecía como si, por fin, las nubes se disipasen y empezase a brillar el sol.

El policía lo miraba encender el cigarrillo, como si fuese Cadona ejecutando el triple salto mortal; no tenía ninguna gana de salir de la habitación, pero no tuvo más remedio que hacerlo. Una vez que nos quedamos solos, Katz me hizo un ademán con la mano, indicándome que empezase a hablar. Le conté lo del accidente, que el fiscal Sackett trataba de echarnos el cargo de haber asesinado al griego para cobrar el seguro y que me había obligado a firmar esa acusación en la cual decía que Cora había intentado asesinarme a mí también. Katz se limitó a escuchar sin interrumpirme, y una vez que hube terminado se quedó sin decir nada durante unos minutos. Por fin se puso de pie.

—No hay duda de que Sackett lo tiene bien agarrado.

—No debí firmar ese papel. No creo ni un momento que ella haya hecho semejante cosa. Pero me confundió. Me puso nervioso. Y ahora no sé qué demonios hacer.

—No debió firmar ese papel de ninguna manera.

—Señor Katz, ¿quiere hacerme un favor? ¿Quiere ir a verla y decirle que...?

—Iré a verla. Y le diré todo lo que le conviene saber. En cuanto a lo demás, yo soy quien manejará este asunto, y eso quiere decir que lo manejaré. ¿Estamos?

—Sí, señor.

—Estaré con usted cuando comparezca. O si no estoy yo, estará alguien elegido por mí. Toda vez que ese maldito fiscal lo ha convertido a usted en querellante al conseguir que firmase la acusación, tal vez no me sea posible representarlo a usted y a ella, pero de todas maneras el asunto queda en mis manos. Una vez más le digo que eso significa que, cualquier cosa que yo haga, yo manejo el asunto.

—Perfectamente, señor Katz.

—Hasta la vista.

Aquella noche me colocaron nuevamente sobre una camilla y me llevaron ante el juez para iniciar el proceso. Era un tribunal sin jurado, no de los comunes. El salón de audiencias no tenía esa pequeña tribuna especial para los miembros del jurado, ni el lugar destinado a los testigos. El juez se hallaba sentado en una plataforma. A su lado había varios agentes de policía y frente a él una larga mesa que atravesaba toda la habitación. El que tenía algo que decir al juez apoyaba la barbilla en esa mesa y lo decía.

Había bastante gente en el salón y los fotógrafos de los diarios sacaban fotografías mías con magnesio. Por el constante zumbido de voces era fácil comprender que iba a ocurrir algo importante.

Tendido en la camilla, no me era posible ver mucho, pero por un instante vi a Cora, sentada en la primera fila con Katz, y al fiscal Sackett, que hablaba con unos individuos en un costado del salón.

Dos agentes de policía tomaron mi camilla y me llevaron frente a la mesa, colocándome sobre otras dos pequeñas que habían corrido para ello. Apenas me habían puesto las mantas para taparme, cuando dictaron sentencia en el caso de una mujer china. Un agente empezó a batir palmas para imponer silencio. Mientras lo hacía, un joven a quien no había visto en mi vida se inclinó ante mí y me dijo que se llamaba White y que Katz le había encomendado que me representase. Hice un movimiento afirmativo de cabeza, pero él siguió diciéndome en voz baja que Katz lo había enviado. El policía se irritó y batió palmas con más fuerza.

—Cora Papadakis.

Cora se puso de pie y Katz la llevó hasta colocarla frente a la plataforma del magistrado. Casi me tocó al pasar, y me pareció extraño sentir su olor, el mismo olor que siempre me había enloquecido, en medio de todo eso. Tenía un aspecto algo mejor que el día anterior. Se había puesto otra blusa, que le quedaba bien, y su traje había sido cepillado y planchado. Tenía los zapatos limpios y su ojo aparecía amoratado, pero la hinchazón había desaparecido.

La otra gente se acercó a la plataforma al mismo tiempo que ella, y cuando se hubieron colocado en fila el policía les ordenó que levantasen la mano derecha y empezó a farfullar algo acerca de la verdad, toda la verdad y nada más que la verdad. En la mitad de la frase se detuvo para comprobar si yo había levantado también la mano derecha. No lo había hecho, pero la levanté en seguida, y entonces él volvió a farfullar toda la letanía, que nosotros fuimos repitiendo después de él.

El magistrado se sacó los lentes y anunció a Cora que estaba acusada de haber dado muerte a Nick Papadakis y de intento de asesinato contra la persona de Frank Chambers. Le dijo que podía formular una declaración si quería, pero le previno que cualquier cosa que dijese podría ser utilizada en su contra. Agregó que la acusada tenía derecho de ser representada por un abogado, que se le concedía un plazo de ocho días para alegar y que la corte escucharía su alegato en cualquier momento durante dicho período. La tirada fue larga, y durante su transcurso se oyeron varias toses en el salón.

Después habló Sackett, el fiscal. Dijo lo que iba a probar. Fue más o menos lo mismo que había dicho por la mañana en el hospital, sólo que en un tono más solemne que el demonio. Cuando terminó de hablar, empezó a presentar sus testigos. Primeramente compareció el médico de la ambulancia, que informó cuándo había muerto el griego y dónde. A continuación, fue presentado el médico de la cárcel, que había hecho la autopsia del cadáver. Después le fue tomada la declaración al secretario del investigador judicial, que identificó las minutas de la investigación y las dejó en poder del magistrado. Y por fin comparecieron otros dos individuos, pero no puedo recordar lo que dijeron. Cuando terminaron las declaraciones todo lo que se había conseguido probar era que el griego estaba muerto, y como yo ya sabía eso, no puse gran atención.

Katz no hizo una sola pregunta a ninguno de los testigos. Cada vez que el magistrado miraba hacia el lugar donde se hallaba el abogado, éste le hacía un movimiento con la mano y el juez ordenaba que retirasen al testigo.

Una vez que tuvieron al griego lo suficientemente muerto como para quedar satisfechos, el fiscal Sackett empezó a hablar de nuevo, pero esta vez la cosa iba en serio. Llamó a un hombre que, según informó al juez, representaba a la Corporación de Seguros contra Accidentes, de los Estados del Pacífico, y éste declaró que el griego había sacado una póliza de seguro cinco días antes de su muerte. Explicó contra qué cosas protegía aquel seguro y dijo que el griego recibiría veinticinco dólares durante cincuenta y dos semanas si se enfermaba; la misma cantidad y por igual período de tiempo si resultaba herido en un accidente que le impidiese trabajar, y que la compañía le entregaría cinco mil dólares si perdía un miembro y diez mil dólares si perdía dos, pero que si perecía en un accidente su viuda recibiría diez mil dólares, que se aumentarían a veinte mil si el accidente ocurría en un tren. Al llegar aquí parecía ya que el representante estuviera *haciendo publicidad de la compañía*, y el magistrado, con un gesto de impaciencia, levantó una mano.

—Tengo todos los seguros que necesito.

Se oyó un coro de risas y hasta yo me reí. ¡Hay que ver lo chistoso que había estado!

Sackett hizo unas cuantas preguntas más y el magistrado se volvió para mirar a Katz. El abogado meditó unos segundos, y cuando por fin dirigió la palabra al agente de seguros lo hizo en voz baja y clara, como si quisiese asegurarse de que oiría perfectamente cada una de sus palabras.

—¿Usted es parte interesada en este proceso?

—En cierto sentido lo soy, señor Katz.

—Usted desea evitar el pago de la indemnización basándose en que se trata de un crimen, ¿verdad?

—En efecto, así es.

—¿Y cree usted realmente que se ha cometido un crimen, que esta mujer ha dado muerte a su esposo para cobrar el importe del seguro y también trató de dar muerte a este otro hombre, o lo puso deliberadamente en una situación de peligro que pudo haberle causado la muerte, todo ello como parte de un plan tendiente a obtener la indemnización?

El otro esbozó una sonrisa y meditó unos instantes, como si quisiese devolver la atención y asegurarse de que el abogado entendería todas y cada una de sus palabras.

—En respuesta a su pregunta, señor Katz, le diré que antes de ahora he tenido que solucionar miles de casos parecidos, casos de fraude que llegan a mi escritorio todos los días, y creo que puedo decir, con entera justicia, que poseo una experiencia poco común en esta clase de investigaciones. Debo declarar que jamás he visto un caso más claro que éste en todos mis años de trabajo para la compañía que represento y otras. No solamente creo que se ha cometido un crimen, señor Katz. La verdad es que lo sé.

—Eso es todo, Excelencia; declaro a mi representada culpable de ambos cargos.

Si hubiesen dejado caer una bomba en la sala de audiencias, no podrían haber causado una conmoción mayor. Los reporteros de los diarios salieron corriendo como galgos y los fotógrafos se aproximaron rápidamente a la plataforma, para obtener sus instantáneas. Unos y otros chocaban entre sí, hasta que el magistrado se irritó y empezó a golpear sobre la mesa para restablecer el orden. Sackett parecía haber recibido un tiro, y por todas partes se oía un estruendo como si de repente le hubiesen acercado a uno un caracol al oído. Yo seguía tratando de ver el rostro de Cora, pero lo único que podía divisar era un ángulo de su boca, que se contraía nerviosamente, como si alguien la estuviese pinchando con una aguja a cada minuto.

Cuando salí de mi ensimismamiento, dos hombres habían levantado mi camilla y siguieron con ella al joven White, que salió de la sala de audiencias. Atravesaron conmigo un par de grandes salas y llegaron a una habitación en la cual había tres o cuatro agentes de policía. White dijo algo sobre Katz y los agentes se retiraron. Pusieron mi camilla sobre una mesa y los que me habían traído se retiraron también. White se estuvo paseando por la habitación, hasta que se abrió una puerta y apareció Cora, acompañada por la celadora de la prisión. Después White y la celadora se fueron, se cerró la puerta, y Cora y yo nos quedamos solos. Traté de pensar en algo que decir, pero no se me ocurrió nada. Cora comenzó a andar de un lado a otro sin mirarme. La boca seguía contrayéndosele como antes. Yo estaba todavía sin saber qué decir, hasta que de pronto se me ocurrió algo.

—Nos han tomado el pelo, Cora.

No me contestó. Sencillamente, siguió andando de un lado a otro.

—Ese tipo Katz no es más que un espía de la policía. Fue uno de los agentes quien me lo recomendó. Yo creí que se trataba de un tipo decente. Pero nos ha tomado el pelo.

—No, Frank. No nos ha tomado el pelo.

—Te digo que sí. Yo debí haber sospechado cuando ese agente me habló tan bien de él. Pero no sospeché nada. Creí que era un tipo decente.

—A mí sí que me han tomado el pelo, pero a ti no.

—A mí también. Ese tipo me engañó por completo.

—Ahora lo comprendo todo. Comprendo por qué era yo quien tenía que guiar. Y comprendo también por qué era yo, la otra vez, quien tenía que aplicarle el cachiporrazo. Sí, sí, no hay duda; me enamoré de ti porque eras un hombre listo, y ahora descubro que eres listo de veras. ¿No te parece que es gracioso? Enamorarse de un hombre porque es listo y después descubrir en carne propia que efectivamente lo es.

—¿Qué es lo que quieres decir, Cora?

—¡Me han tomado el pelo! ¡Vaya si me lo han tomado! ¡Tú y ese canalla de abogado! Todo quedó perfectamente arreglado, y también quedó arreglado que yo apareciese como culpable de querer asesinarte a ti. Así no podrán sospechar que tú habías tenido algo que ver en el asunto. Después tú y el abogado me declararon culpable, de modo que tú te ves libre de todo. No hay duda de que he sido una perfecta idiota, Frank. Pero no tan idiota como tú crees. Escúchame, Frank Chambers. Cuando yo haya salido de este asunto, vas a ver lo listo que eres. A veces, una persona puede resultar demasiado lista, ¿sabes?, ¡demasiado lista!

Intenté hablarle, pero fue inútil. Y cuando ella había llegado a un estado tal que sus labios habían palidecido bajo el rouge, se abrió la puerta y entró Katz. Traté de abalanzarme a su cuello. Pero no me fue posible moverme. Me habían sujetado firmemente con correas, de modo que no podía hacer movimiento alguno.

—¡Salga de aquí, espía! Así que usted era quien manejaba el asunto, ¿eh? ¡Ya lo creo que lo manejaba! Pero ahora lo he desenmascarado y ya sé a qué atenerme. ¿Me oye? ¡Salga de aquí!

—Caramba, señor Chambers, ¿qué le pasa?

Cualquiera hubiera creído, al verle, que era un bondadoso sacerdote consolando a un chico a quien alguien le hubiera arrebatado un caramelo.

—¿Se puede saber qué le pasa? ¡Claro que estoy manejando el asunto! Ya se lo dije desde el primer momento.

—Tiene usted razón. Pero que Dios lo libre si llego a ponerle las manos encima.

El abogado miró a Cora, como si no entendiese nada de todo aquello y creyese que ella podía aclararle el misterio. Cora se le acercó.

—Este hombre —dijo señalándome— y usted se confabularon en mi contra para que él pudiese salir libre y yo cargase con toda la culpa. Pero quiero decirle una cosa: él es tan culpable como yo y no va a salirse con la suya tan fácilmente. Voy a confesarlo todo. ¡Voy a confesarlo todo, y ahora mismo!

Katz la miró y movió melancólicamente la cabeza, y la suya fue la mirada más rara que yo haya visto jamás en los ojos de un hombre.

—Querida señora —dijo por fin—. En su caso, yo no haría eso. Si usted me permite que yo siga manejando este asunto…

—Usted ya lo manejó hasta ahora. En adelante voy a manejarlo yo.

Katz se puso de pie, se encogió de hombros y

salió. Apenas desapareció entró un individuo de enormes pies y congestionado cuello, con una pequeña máquina portátil de escribir. La puso sobre una silla, encima de un par de libros, se sentó frente a ella y miró a Cora.

—El señor Katz me dijo que usted desea formular una declaración. Estoy a sus órdenes. Tenía una vocecita chillona y una especie de sonrisa cuando hablaba.

—Es cierto. Una declaración.

Cora empezó a hablar espasmódicamente, de a dos o tres palabras por vez, y no bien salían de sus labios el individuo las iba escribiendo con la máquina. Dijo todo. Se remontó al principio, contando cómo me había conocido, cómo empezamos a andar juntos y cómo intentamos matar al griego una vez, pero fracasamos. Mientras hablaba, un agente de policía asomó la cabeza un par de veces por la puerta, pero el hombre de la máquina le hizo un ademán con la mano.

—Unos segundos solamente.

—Está bien.

Cuando hubo terminado, Cora agregó que no sabía nada del seguro de su marido, y que no lo habíamos hecho por eso, sino para deshacernos de él.

—Eso es todo —dijo por fin.

El hombre juntó las hojas y ella firmó donde él le indicó. Después puso sus iniciales en cada una de ellas. El hombre sacó un sello de notario y mojó en la almohadilla el pulgar de la mano derecha de Cora, aplicándolo después junto a la firma. Después guardó los papeles, cerró la máquina y se fue.

Cora se acercó a la puerta y llamó a la celadora.

—Cuando quiera, ya he terminado.

La celadora se la llevó. Después entraron los camilleros y me llevaron a mí. Iban a paso redoblado, pero en el camino tuvieron que detenerse a causa de la muchedumbre que quería ver a Cora, que estaba frente a los ascensores con la celadora, esperando que la llevasen a su celda, en el último piso del Palacio de Justicia. Por fin los camilleros pudieron avanzar, pero la manta que me cubría se me había resbalado y se arrastraba por el suelo.

Cora la recogió, la acomodó sobre mi cuerpo y después se volvió rápidamente.

11

Me llevaron otra vez al hospital, pero en lugar del agente de policía que antes me vigilaba encontré al hombre que acababa de escribir la confesión de Cora. Se acostó en la otra cama que había en mi habitación. Intenté dormir, y después de un rato lo conseguí. Soñé que Cora me miraba y que yo intentaba decirle algo, pero no podía. Después, ella desapareció y me desperté. En mis oídos sonaba incesantemente aquel crujido, aquel espantoso crujido de la cabeza de Nick cuando la golpeé con la llave inglesa. Volví a quedarme dormido, y soñé que me caía. Me desperté agarrado a mi propio cuello, y sonado insistentemente en mis oídos aquel espantoso ruido de huesos rotos. Una de las veces, cuando me desperté, estaba gritando como un loco.

—¿Qué le pasa, amigo? —me preguntó el hombre, apoyándose en el codo.

—Nada... Una pesadilla.

—Bueno.

No me dejó solo ni un instante. Por la mañana hizo que le trajesen una palangana con agua, sacó del bolsillo los utensilios de afeitar y se afeitó. Después se lavó. Trajeron el desayuno y él tomó el suyo en la mesita. No hablamos una palabra.

Me trajeron un diario, y apenas lo abrí vi una gran fotografía de Cora en la primera página y más abajo otra mía más chica, tendido en la camilla. A Cora la llamaban la "Asesina de la botella". La nota decía cómo había sido declarada culpable y que ese mismo día, por la tarde, se dictaría sentencia. En una de las páginas interiores se decía que, según opinión general, este caso habría de batir todos los records de rapidez. Había un recuadro con la declaración de un sacerdote de que si todos los procesos fuesen llevados a cabo con esa rapidez, se conseguiría con ello impedir la delincuencia mucho más efectivamente que por medio de un centenar de leyes. Recorrí todo el diario buscando la confesión de Cora. Pero no estaba.

A eso de las doce entró en mi habitación un médico joven. Inmediatamente se puso a pasarme alcohol en la espalda, para quitarme el emparchado. Debía haberlo mojado todo, pero la mayor parte me lo quitó en seco, produciéndome un dolor espantoso. Cuando me hubo quitado una parte descubrí que podía moverme. El resto me lo dejó y una enfermera me trajo mi ropa. Me la puse. Entraron los camilleros y me ayudaron a llegar hasta el ascensor y salir del hospital. Frente a la puerta había un coche esperándome, con un chofer. El hombre que había pasado la noche conmigo me ayudó a subir y acomodarme en el asiento. Recorrimos unos doscientos metros y me ayudó a bajar. Los dos penetramos en un edificio de oficinas y subimos en el ascensor hasta una de ella; allí estaba Katz con la mano extendida, sonriendo muy satisfecho.

—Todo ha terminado —dijo—. ¡Magnífico!

—¿Cuándo la llevan a la horca?

—¿A la horca? Nada de eso. Está afuera ya, libre. Libre como un pájaro. Vendrá aquí dentro de unos instantes, en cuanto terminen algunos trámites legales en el juzgado. Pase. Le contaré cómo fue.

Me hizo entrar en otra oficina en cuya puerta se leía la palabra "Privado", y la cerró. En cuanto hubo encendido un cigarrillo, que se quemó por un costado casi hasta la mitad y le quedó pegado entre los labios, empezó a hablar. No se le reconocía. Parecía imposible que un hombre que el día anterior había tenido esa traza tan de dormido, pudiese estar hoy tan excitado.

—Chambers… —empezó diciendo—, éste es el caso más extraordinario que me ha tocado defender en mi vida. Me hice cargo de él y lo he terminado en menos de veinticuatro horas, y sin embargo puedo decir que jamás he tenido ninguno como él. Bueno… la pelea de Dempsey y Firpo duró menos de dos *rounds*, ¿no es cierto? No se trata de que dure una cosa, sino de lo que uno hace mientras dura. Sin embargo, no puede decirse que ésta haya sido una pelea. Fue más bien una partida de naipes entre cuatro que tenían todos cartas casi perfectas y había que ganar. Usted creerá que lo difícil es ganar con cartas malas. ¡Ya! De esas cartas malas tengo todos los días. Pero deme usted una partida como ésta, donde todos tienen su triunfo, donde todos tienen cartas que deben ganar, si saben jugarlas, y observará, entonces, amigo Chambers, que me hizo un enorme favor al llamarme para que me hiciese cargo de esto. Jamás conseguiré un caso igual.

—Bueno, está bien, Katz, pero hasta ahora no me ha dicho usted nada.

—Ya se lo diré, no se preocupe por eso. Pero no me sería posible explicarle cómo se jugó la partida, sin antes extender ante usted los naipes que teníamos.

"Empezaré por usted y la mujer. Los dos tenían cartas perfectas. Porque el asesinato había sido perfecto, Chambers. Tal vez ni usted mismo se da cuenta de lo perfecto que fue. Todo eso con lo que el fiscal Sackett trató de asustarlo: que la mujer no estaba en el coche cuando éste se precipitó al barranco, que llevaba consigo la cartera, y demás, no servía para nada. Un coche no cae a un precipicio en una fracción de segundos, ¿verdad? Y una mujer puede tomar su cartera antes de saltar del coche, ¿no? Eso no probaba ningún crimen. Lo único que probaba es que ella era una mujer como todas.

—¿Y cómo se enteró usted de todo eso?

—Por el mismo Sackett. Anoche me invitó a cenar con él, y durante toda la cena estuvo gozando por anticipado de su triunfo. ¡Me trataba con una compasión, el muy idiota!... Sackett y yo somos enemigos. Somos los más cordiales enemigos del mundo. Él vendería su alma al diablo por ganarme un proceso; yo haría lo mismo con respecto a él. Hasta hicimos una apuesta sobre el caso. Apostamos cien dólares. Él se burlaba a su gusto de mí, porque creía que tenía un caso perfecto, caso en el que la mano final sería jugada por el verdugo.

Era muy divertido eso de que dos tipos se jugasen cien dólares por saber qué nos haría el verdugo a Cora y a mí, pero lo que me interesaba era que Katz siguiera con su historia.

—Y si nosotros teníamos cartas perfectas, ¿de qué le valían a Sackett las suyas?

—A eso voy. Ustedes tenían cartas perfectas, pero Sackett sabía que ningún hombre o mujer hubiera podido jugarlas jamás, si el fiscal jugaba las suyas como debía. Sabía que lo único que tenía que hacer era que fueran el uno contra el otro, y el asunto estaba resuelto. Eso era lo primero. Después, Sackett ni siquiera tuvo que trabajar en el caso. Tenía a la compañía de seguros, que iba a hacer eso por él, sin que tuviese que mover ni un dedo. Eso era lo que más le gustaba a Sackett. Lo único que tenía que hacer era jugar sus cartas, y el pozo se le vendría solito a las manos. ¿Qué hizo entonces? Tomó todos los datos que la compañía de seguros le proporcionó, y con ellos se fue a verlo a usted, asustándolo de manera que le obligó a firmar la acusación. Con eso anulaba el mejor triunfo de usted, que era el hecho de estar seriamente herido. Si usted se hallaba en esas condiciones, todo hacía suponer que la muerte del griego había sido un accidente, y sin embargo, Sackett utilizó esa circunstancia para acusar a la mujer. Y usted firmó la acusación, porque tuvo miedo de que, de no hacerlo, Sackett, descubriera que el autor del crimen había sido usted.

—Lo que pasó fue que me acobardé, eso es todo.

—El miedo es un factor que siempre se da por descontado en un caso de asesinato. Y nadie tanto como Sackett. Bueno. Sackett lo tenía a usted como él quería. Iba a hacerlo declarar en contra de la mujer, y sabía perfectamente que una vez que usted hubiese hecho eso ningún poder del mundo podría impedir que ella lo acusase también a usted. Ésa era la situación cuando fuimos a cenar juntos. Sackett se burlaba de mí. Me compadecía. Me apostó los cien dólares. Pero yo tenía en mis manos un triunfo con el cual estaba seguro de que podía ganarle la partida, siempre que lo jugase bien. Bueno, Chambers, usted ya ve cuáles eran mis cartas. ¿Qué observa usted en ellas?

—No mucho.

—¿Pero qué?

—Si he de serle franco, nada.

—Le pasa a usted lo mismo que le pasó a Sackett. Pero fíjese bien en lo que voy a decirle ahora. Después que le dejé a usted ayer, fui a verla a ella y conseguí que me diese una autorización para abrir la caja de caudales de Papadakis en el banco. Y en esa caja de caudales encontré lo que esperaba. Había en ella otras pólizas de seguros, y una vez que fui a ver al agente que las hizo, descubrí lo siguiente:

”Esa póliza de seguro contra accidente no tenía nada que ver con el accidente que Papadakis había sufrido hacía una semana. El agente había descubierto que la póliza de seguro que Papadakis tenía para su automóvil estaba casi vencida y fue a verlo para que la renovara. Cuando llegó, la mujer no estaba allí. Habló con Papadakis y arreglaron rápidamente la nueva póliza del coche, contra incendio, robo, choque, etc. Entonces el agente le hizo ver a Papadakis que estaba cubierto para todo salvo un accidente personal, y le propuso que sacase una póliza que lo protegiese contra esa clase de riesgos. Papadakis se interesó inmediatamente. Tal vez su interés obedecía al primer accidente que sufrió, pero si fue así, el agente no se enteró de nada. Papadakis firmó todo y dio su cheque al agente, y al día siguiente le llegaron las pólizas por correo. No sé si usted lo sabe, pero esos agentes trabajan para varias compañías a la vez. No todas aquellas pólizas eran para una misma compañía. Ése es el primer punto que Sackett olvidó. Pero lo principal que había que recordar era que Papadakis no tenía solamente el nuevo seguro. Tenía también las pólizas viejas y estas últimas tenían todavía una semana de vigencia.

”Muy bien. Ahora, vamos a poner las cosas en orden. La póliza contra accidente personal de la Compañía de los Estados del Pacífico es por la suma de diez mil dólares. La de la *Guarantee* de

California es una nueva, por diez mil dólares, y cubre las obligaciones públicas, y la de la *Rocky Mountain Fidelity,* una póliza vieja, es similar. Ésta era mi primera carta. Sackett tenía una compañía de seguros que trabajaba en su favor por diez mil dólares, pero yo tenía dos compañías de seguros que trabajaban en mi favor por veinte mil dólares. ¿Me comprende?

—No.

—Es muy fácil. Mire. Sackett le robó a usted su mejor triunfo, ¿no es así? Bien, yo hice lo mismo con él. Usted estaba herido, ¿verdad? Estaba seriamente herido. Si Sackett conseguía que el jurado declarase culpable a la mujer de asesinato y usted la demandaba por daños y perjuicios, en virtud de las heridas sufridas como consecuencia de aquel asesinato, el jurado le asignaría a usted lo que pidiese. Y esas dos compañías de seguros estaban obligadas a pagar hasta el último centavo de las dos pólizas por ese juicio.

—Ahora voy comprendiendo.

—Era una linda jugada, Chambers. Preciosa. Me encontré con ese triunfo en la mano, pero ni usted, ni Sackett, ni la compañía de seguros que trabaja para él se enteraron, porque todos estaban muy ocupados haciéndole el juego a Sackett y éste estaba tan seguro de ganar el pozo que ni siquiera pensó en nada.

Dio unos paseítos por la habitación, mirándose al espejo cada vez que pasaba frente a él. Después prosiguió.

—Muy bien. Una vez en posesión de aquel triunfo, tuve que pensar muy cuidadosamente cómo debía jugarlo. Tenía que hacerlo rápidamente, porque Sackett había jugado ya su carta y la confesión estaba al caer en cualquier momento. Podía producirse en la primera audiencia, en cuanto ella le oyese a usted declarar en su contra. ¿Qué hice yo, entonces? Muy sencillo. Esperé que hubiese declarado el agente de la compañía de seguros de los Estados del Pacífico y por medio de las preguntas que le hice quedó constancia en las actas de que él estaba convencido de que se había cometido un crimen. Hice eso por si necesitaba más adelante pedir su detención por falsedad. Y después, ¡zas!, declaré culpable a mi defendida. Con esa jugada puse fin a la primera parte del proceso y dejé completamente bloqueado a Sackett por aquel día. Después, la llevé apresuradamente a una de las habitaciones donde conferencian los abogados con sus clientes, pedí que le concediesen una media hora antes de encerrarla, y la mandé a usted para que hablase con ella. Cinco minutos de conversación fueron suficientes. Cuando llegué yo, ella estaba ya dispuesta a confesarlo todo. Y entonces llamé a Kennedy.

—¿El tipo que durmió anoche en mi habitación?

—Sí. Ha sido agente de policía, pero ahora es una especie de ayudante mío. Ella creyó que estaba dictando la confesión a un polizonte, pero en realidad le estaba hablando a uno de mis hombres. Después de aquella confesión no habló más en todo el día, que era lo que yo necesitaba. Bueno. Terminado mi trabajo con ella, había que empezar con usted. Usted se iría. No había acusación alguna en su contra, por lo cual ya no estaba detenido, aun cuando usted creyese que lo estaba. En cuanto usted supiese que era libre de ir o venir a su antojo, nada en el mundo, ni la tira emplástica, ni el dolor de la espalda, ni todos los enfermeros del hospital, serían capaces de retenerlo. Fue por eso por lo que, en cuanto terminé con ella, envié a Kennedy para que lo vigilase. A continuación organicé una conferencia de medianoche entre las tres compañías de seguros. Y cuando expuse ante sus representantes todos los detalles del caso, el negocio quedó concertado con asombrosa rapidez, sin la menor dificultad.

—¿Qué negocio?

—Primeramente les leí el texto de la ley correspondiente. Se trata de la Ley de Vehículos del Estado de California, Sección 141. En ella se establece que si una persona invitada que viaja en un automóvil resulta herida o lesionada en un accidente, no tiene derecho alguno a indemnización, salvo en el caso de que sus heridas o lesiones sean consecuencia de ebriedad o deliberada intención del conductor del coche, en cuyo caso le corresponde el derecho de indemnización. Como usted comprenderá, su caso es claro. Usted era un invitado y yo había declarado culpable a mi defendida de asesinato y de intento de asesinato. Eso constituía intención deliberada de sobra, ¿no le parece? Además, ellos no podían estar seguros de que ella no hubiese realizado todo eso por su propia cuenta, sin su complicidad. Fue así como las dos compañías de seguros que deberían pagar si usted reclamaba la indemnización pusieron cinco mil dólares cada una sin chistar, para pagar la póliza de la compañía de los Estados del Pacífico, y ésta, a su vez, acordó pagar el seguro contra accidentes que había tomado Papadakis. El asunto no llevó ni media hora siquiera.

Hizo una pausa y sonrió nuevamente, muy satisfecho de sí mismo.

—¿Y después qué?

—Todavía lo recuerdo; me parece estar viendo la cara que puso Sackett cuando el representante de la compañía se presentó a declarar y dijo que, de acuerdo al resultado de sus investigaciones, había llegado a la conclusión de que no se había cometido crimen alguno y que su compañía estaba dispuesta a pagar la póliza en su totalidad. ¿Se da cuenta usted del placer que significa fintear a un individuo, hacerle abrir bien la guardia, y entonces largarle un directo a la mandíbula? No hay nada que pueda comparársele.

—Sigo sin comprender. ¿Para qué declaró eso el agente?

—La acusada se había presentado para oír la sentencia. Y en los casos en que se produce una confesión de culpabilidad, la corte, generalmente, quiere escuchar algunas declaraciones, para tener una idea más exacta del caso. Lo hace para determinar mejor la sentencia. Sackett había empezado el proceso pidiendo sangre a gritos. Quería a toda costa una sentencia a muerte. Es una verdadera hiena ese tipo. Es por eso por lo que me siento incitado a trabajar en contra de él. Sackett cree que la horca hace mucho bien. *Lucha uno por sus principios cuando se opone a Sackett.*

"Bien. Entonces llamó nuevamente al representante de la compañía de seguros, para que declarase. Pero aquel hombre, después de la sesión nocturna a que me referí antes, en lugar de ser su testigo era mi testigo, aunque Sackett no lo sabía. Cuando lo descubrió, puso el grito en el cielo, se lo aseguro. Pero ya era demasiado tarde. Si la compañía de seguros no creía que la mujer fuese culpable, el jurado tampoco podía creerlo, ¿verdad? Después de oír la declaración del agente de seguros, Sackett no tenía la menor probabilidad de condenar a la acusada. Y ése fue el momento que yo elegí para darle el golpe de gracia. Me puse de pie y pronuncié un discurso. Lo hice lentamente, tomándome todo el tiempo preciso. Dije que mi defendida había declarado ser inocente desde el primer momento, pero que yo no le había creído. Manifesté que existían pruebas abrumadoras que yo consideraba irrefutables contra ella, pruebas suficientes para condenarla ante cualquier tribunal, y que había creído obrar en su beneficio al declararla culpable de las acusaciones que pesaban sobre ella, dejándola librada a la misericordia del juez y del jurado. Pero... Nunca podrá usted imaginarse, Chambers, el modo como pronuncié ese 'pero'. Pero que a la luz de la declaración que acababa de oírse, el único camino que me quedaba era retirar la confesión de culpabilidad y permitir que prosiguiese el proceso. Sackett no podía hacer absolutamente nada, porque yo me encontraba todavía dentro del plazo de los ochos días concedidos para la apelación. Sabía perfectamente que estaba perdido. Accedió a que se presentase una apelación por homicidio, el juez tomó la declaración personalmente a los otros testigos, la condenó a seis meses, suspendió la condena, y hasta puede decirse que le pidió perdón por todas las molestias que le había causado. La acusación de atentado de asesinato, que era la clave de todo, quedó anulada.

Se oyó un golpecito a la puerta. Kennedy entró un segundo después, con Cora, dejó sus papeles en la mesita, frente a Katz, y se retiró.

—Ahí tiene, Chambers. Firme eso, ¿quiere? Es un documento por el cual usted renuncia a toda indemnización por los daños y perjuicios que puede haber sufrido. Éste es el pequeño premio que le damos a las dos compañías que estuvieron en nuestro favor, por haber sido tan serviciales.

Firmé el papel sin decir palabra.

—¿Quieres que te acompañe a casa, Cora? —pregunté después.

—Sí, Frank.

—Un momento, un momento. No tan de prisa. Falta todavía un pequeño detalle. Esos diez mil dólares que ustedes van a cobrar por haber liquidado al griego.

Ella me miró y yo la miré. Katz estaba sentado, mirando el cheque de diez mil dólares que tenía ante sí.

—Como ustedes comprenderán, no sería lógico que después de haber tenido en la mano unas cartas tan perfectas, haberlas jugado admirablemente y ganado el pozo, el pobre Katz se quedase sin nada. Pero no quiero que digan que soy un avaro. Generalmente me quedo con todo, pero esta vez me conformaré con la mitad. Señora Papadakis, hágame el favor de extenderme un cheque por cinco mil dólares y yo le endosaré éste de diez mil, para que pueda usted depositarlo y yo cobrar después el mío. Aquí tiene un cheque en blanco.

Cora se sentó y tomó la pluma. Empezó a escribir y de pronto se detuvo, como si en realidad no comprendiese bien de qué se trataba. Pero Katz se acercó a ella y le quitó el cheque en blanco, que rompió en pedazos.

—Deje. Por una vez en la vida… Tome, todo es para usted. ¡Lo que yo quería es esto!

Abrió su cartera, sacó otro cheque y nos lo enseñó. Era uno de Sackett, por cien dólares.

—Ustedes creen que yo voy a hacerlo efectivo, ¿verdad? Nada de eso. Voy a ponerlo en un marco y a colocarlo aquí, encima de este escritorio.

12

Salimos y tomamos un taxi, porque yo estaba todo descalabrado todavía. Primeramente nos hicimos conducir al banco, en el cual depositamos el cheque. Después nos dirigimos a una florería y compramos dos grandes ramos de flores, con las cuales asistimos al sepelio del griego. Parecía rarísimo que ya llevara dos días muerto y que ahora lo fueran a enterrar. El funeral se realizó en una pequeña iglesia que estaba llena de gente, entre ellas muchos griegos que había visto una que otra vez en la fonda. Cuando entramos, todos miraron a Cora con hostilidad, y la hicieron sentar en un lugar de la tercera fila. Observé que todos estaban mirando y me pregunté qué podría hacer si aquellos hombres llegaban más tarde a armar algún lío. Todos ellos habían sido amigos de Papadakis, no nuestros. Pero un poco después vi que alguien andaba pasando de mano en mano un diario de la tarde. Alcancé a descubrir que en un gran titular se proclamaba la inocencia de Cora. Un ujier miró el diario, se acercó corriendo a nosotros y nos hizo cambiar de asiento, llevándonos a la primera fila.

El individuo que tenía a su cargo el sermón empezó con algunas cochinadas sobre la forma en que había muerto el griego, pero apenas había dicho unas frases, se le acercó otro hombre que le habló al oído, moviendo mucho los brazos, a la vez que le señalaba el diario, que para entonces había llegado ya a la primera fila. El del sermón se volvió y empezó de nuevo, sin cochinadas esta vez y refiriéndose a la desconsolada viuda y al leal amigo del extinto. Todos los asistentes movieron la cabeza asintiendo y el resto de la ceremonia pasó sin novedad.

Cuando salimos del camposanto, donde estaba ya preparada la tumba de Nick, un par de hombres tomaron de los brazos a Cora, ayudándola a avanzar, en tanto que otros dos hacían lo mismo conmigo. Mientras bajaban el ataúd a la fosa empecé a gimotear. Esos himnos siempre hacen lagrimear, sobre todo cuando se cantan por un individuo, con el cual se simpatiza, como me ocurría con Papadakis. Al final, cantaron una canción que yo le había oído a él un centenar de veces, y aquello fue la gota de agua que hizo desbordar el vaso. Apenas si me fue posible colocar nuestros dos ramos de flores en el lugar donde debían ir.

El conductor de nuestro taxi encontró a un hombre que accedió a alquilarnos un coche Ford por quince dólares semanales. Tomamos ese coche y Cora se puso al volante. Cuando salimos de la ciudad, pasamos frente a una casa en construcción, y después conversamos sobre cuántas se estaban levantando, aunque en verdad, en cuanto mejoren las cosas, toda la región iba a llenarse de edificios.

Una vez que llegamos, Cora se fue a guardar el coche y después entramos en la casa. Estaba exactamente igual que cuando la habíamos dejado. En la pileta de la cocina encontramos los vasos en los cuales habíamos estado bebiendo vino con Papadakis, antes de salir para la excursión a Santa Bárbara. Sobre una silla estaba la guitarra del griego, que éste no había guardado al salir porque ya estaba bastante ebrio.

Cora guardó la guitarra en su caja, lavó los vasos y después se fue al piso superior. Un minuto más tarde la seguí yo.

Estaba en el dormitorio, sentada junto a la ventana, mirando fijamente hacia el camino.

—¿En qué piensas?

No me contestó, y entonces yo di unos pasos hacia la puerta.

—No te he dicho que te vayas.

Me senté junto a ella. Pasó un largo rato antes de que volviera a dirigirme la palabra.

—Frank, me traicionaste.

—No te traicioné. Ese hombre me atrapó. No tuve más remedio que firmar ese papel. De no hacerlo, él hubiese descubierto todo. No te traicioné, Cora. Lo que hice fue el juego a ese individuo, hasta poder saber exactamente dónde estaba.

—Me traicionaste. Lo pude ver en tus ojos.

—Está bien, Cora. Es cierto. Lo que pasó fue que me acobardé, eso es todo. No quería hacerlo. Traté de resistir, pero el fiscal me venció.

—Comprendo.

—Pasé las torturas del infierno por eso.

—Y yo también te traicioné.

—Te obligaron a hacerlo. Tú no lo quisiste. Te hicieron caer en una trampa.

—No quise hacerlo. En ese momento te odiaba.

—Me odiabas, sí, pero por algo que en realidad yo no había hecho. Ahora ya sabes cómo fue.

—No; te odiaba por algo que hiciste.

—Yo nunca sentí el menor odio hacia ti, Cora. Me odiaba a mí mismo.

—Ahora no te odio. A quien odio es a ese Sackett y a Katz. ¿Por qué no nos dejaron tranquilos? ¿Por qué no nos permitieron que luchásemos juntos? Eso no me habría importado. Ni siquiera me habría importado, aunque nos costase... ya sabes qué. Tendríamos nuestro amor, que es lo único que siempre hemos tenido. Pero apenas empezaron con sus bajezas, tú te volviste contra mí.

—No olvides de que tú hiciste lo mismo.

—Eso es lo terrible. Yo te traicioné también. Los dos nos volvimos el uno contra el otro.

—Bueno, así quedamos a mano, ¿no?

—Sí, estamos a mano, pero ¿qué somos ahora? Antes estábamos en la cima de una gran montaña. ¡Estábamos tan altos, Frank! Aquella noche, allí, lo teníamos todo. Nunca había sospechado que fuera posible sentir algo semejante. Nos besamos y sellamos el pacto, que ya no podría borrarse nunca más, ocurriese lo que ocurriese. Teníamos mucho más que cualesquiera otras dos personas de la tierra. Pero después caímos. Primero tú y después yo. Sí ahora estamos a mano, porque los dos estamos abajo, porque los dos hemos caído. Nuestra hermosa montaña desapareció.

—Bueno, ¿y qué hay? Al fin y al cabo estamos juntos, ¿no?

—Sí; pero yo he estado meditando mucho; anoche, sobre todo: tú, yo, el cine, los motivos por los cuales fracasé, el cafetín, el camino que te gusta... Mira, Frank: nosotros no somos más que dos despojos. Aquella noche. Dios nos besó en la frente y nos dio todo lo que dos personas pueden tener en esta vida. Pero no éramos de la pasta de los que pueden tenerlo. Teníamos todo ese amor y no supimos defenderlo. El amor es como un poderoso motor de avión, con el cual uno puede volar hasta lo más alto de la montaña; pero si ese motor, en lugar de colocarlo en un avión, lo pones en un Ford, lo despedaza en unos segundos. Y nosotros no somos más que eso, Frank: un par de Fords. Dios se estará riendo de nosotros desde allá arriba.

—No importa. ¿Acaso nosotros no nos estamos riendo de él también? Él puso una luz roja de peligro ante nosotros, pero lo salvamos sin novedad. ¿Y qué, Cora? ¿Nos hundimos acaso? ¡Nada de eso! Salimos a flote y con los diez mil dólares como premio. ¿Así es que Dios nos besó en la frente, eh? Si eso es cierto, entonces el diablo debe haberse acostado con nosotros, y te aseguro, querida, que tiene muy buen dormir.

—No hables así, Frank.

—¿Tenemos o no tenemos los diez mil dólares?

—¡No quiero ni pensar en ese maldito dinero! Es muchísimo, pero con él no podemos comprar nuestra montaña.

—¿La montaña? ¡Bah! La montaña la tenemos, y, además, esos diez mil dólares para amontonarlos en la cima. Si quieres saber lo que es realmente estar alto, súbete a esa pila.

—¡Pedazo de loco! Me gustaría que pudieras verte en un espejo, gritando de ese modo con esas vendas en la cabeza.

—Te has olvidado de algo, Cora. Tenemos algo que celebrar. Todavía no nos hemos pescado esa borrachera que decías.

—No me refería a esa clase de borrachera.

—Una borrachera es una borrachera. ¿Dónde está esa botella que dejé antes de irme?

Fui hasta mi habitación y traje el licor. Era una botella de whisky, que todavía estaba casi llena. Bajé a la cocina, tomé dos grandes vasos de refresco, unos cuantos cubitos de hielo, soda, y volví. Cora se había sacado el sombrero y soltado el pelo. Preparé la bebida con un poco de soda y dos cubitos de hielo, pero el resto era de la botella.

—Toma, Cora, bebe. Te sentirás mejor. Estas

mismas palabras me las dijo Sackett cuando me echó el muerto encima. ¡El muy piojo!

—¡Uf!... ¡Qué fuerte es esto, Frank!

—¡Claro que es fuerte! A ver, tienes demasiada ropa.

La llevé hasta el lecho. Ella no había soltado el vaso, y una parte del contenido se derramó en el suelo.

—No importa, todavía queda mucho.

Empecé a sacarle la blusa.

—¡Arráncamela, Frank! ¡Arráncamela como aquella noche!

Le arranqué toda la ropa. Ella doblaba el cuerpo, se volvía lentamente para que las prendas saliesen con mayor facilidad. Después cerró los ojos y se quedó con la cabeza apoyada en la almohada. Los cabellos le caían sinuosamente sobre los hombros. Tenía los ojos oscurecidos y sus pechos no se me presentaban desafiantes y puntiagudos, sino suaves y extendidos en dos amplias combas rosadas. Parecía la bisabuela de todas las rameras del mundo.

El diablo no quedó defraudado aquella noche.

13

Seguimos así por espacio de seis meses. Seguimos así, y siempre era lo mismo. Teníamos una disputa, y yo iba a traer la botella. Y siempre nos peleamos por lo mismo: el asunto de nuestra ida. No nos era posible abandonar el Estado de California hasta que no hubiese vencido el plazo de la sentencia suspendida, pero yo estaba decidido a que nos largásemos de allí en cuanto llegase ese día. No se lo decía a Cora, pero la verdad es que deseaba verla lo más lejos posible de Sackett; temía que si se disgustaba conmigo fuera a soltarlo todo, como la otra vez después del juicio. No confiaba en ella ni un minuto. Al principio, parecía entusiasmada también con aquella idea mía de que nos fuésemos a cualquier parte, lejos de aquella maldita zona, sobre todo cuando le hablaba de Hawai y de las islas del mar del Sur. Pero luego empezó a hacer dinero. Cuando reabrimos la fonda una semana después del sepelio, la gente venía para ver a Cora, y después volvían porque lo habían pasado bien, y a ella se le metió entre ceja y ceja que ésa era nuestra oportunidad de hacernos ricos.

—Mira, Frank —me decía—. Todos esos puestos de por aquí son una porquería. Los dueños, generalmente, son personas que antes tenían una granja en Kansas o en cualquier otra parte y que tienen tanta idea de cómo debe servirse a la clientela como podría tenerla un cerdo. Estoy convencida de que si por aquí apareciese alguien que entendiese del negocio, como yo, e intentase poner uno como es debido, la gente vendría a montones y traerían también a sus amigos.

—¡Que se vayan al diablo! De todas maneras vamos a vender el negocio.

—Pero nos sería mucho más fácil venderlo si hiciéramos dinero.

—¿Y acaso no lo estamos haciendo?

—Sí, pero yo decía mucho dinero. Escúchame, Frank. Tengo la idea de que a la gente le agradaría mucho poder estar ahí afuera, debajo de los árboles. Piensa un poco. Tenemos este maravilloso clima de California, ¿y cómo lo aprovechamos? Trayendo a la gente a un comedor con instalaciones fabricadas en serie, que huele de tal manera que descompone a cualquiera, y dándole de comer las mismas porquerías que le sirven en todos los figones, desde Fresno hasta la frontera, sin brindarle la menor oportunidad de sentirse a gusto.

—Mira, Cora. Tenemos que vender el negocio, ¿no es cierto? Entonces, cuanto menos tengamos que vender, más rápidamente podremos deshacernos de todo. Ya sé que a la gente le gustaría sentarse y comer ahí afuera, debajo de los árboles. Eso lo comprendería cualquiera que no fuese uno de esos sucios posaderos de los caminos de California; pero para sentarlos debajo de los árboles tendríamos que comprar mesas, sillas, manteles, vajilla, cubiertos y colocar toda una instalación eléctrica. ¿Y quién te dice que al que nos quiera comprar el negocio no le gusta nada de eso?

—Pero nos guste o no, tenemos que quedarnos aquí.

—Pues emplearemos esos seis meses en buscar un comprador.

—Sin embargo, quiero intentar eso, Frank.

—Muy bien, inténtalo, pero yo ya te dije lo que pienso.

—Podríamos utilizar algunas de las mesas del comedor.

—Bueno, bueno. Ya te dije que puedes intentarlo. Vamos a tomar una copa.

Pero el motivo de nuestro disgusto más serio fue la cuestión de la patente para vender cerveza. Fue entonces cuando me di perfecta cuenta de lo que quería hacer. Dispuso las mesas debajo de los árboles, sobre una pequeña plataforma que mandó hacer. Encima puso un bonito toldo listado y para la noche unos faroles. El asunto marchó. Tenía razón. A la gente le gustaba poder sentarse media hora bajo los árboles, escuchando la música de la radio, antes de seguir el viaje en sus coches. Y entonces se derogó la ley que prohibía vender cerveza. Cora vio la oportunidad de dejar todo tal como estaba, vender cerveza también, y llamar a la fonda cervecería.

—¿Y para qué queremos eso? —protesté cuando me confió su proyecto—. ¡Lo único que me interesa es encontrar alguien que compre todo esto y lo pague al contado!

—Pero es una vergüenza no vender cerveza.

—A mí no me parece.

—Escucha, Frank. La patente por seis meses no cuesta más que doce dólares. Creo que podemos permitirnos el lujo de gastar doce dólares, ¿no?

—Sí, pero en cuanto saquemos esa patente estaremos metidos en el negocio de cerveza. Ya estamos en el de restaurante y en el de venta de gasolina. ¡Que se vaya todo al demonio! Lo que yo quiero es liquidar el negocio, no meterme cada vez más.

—Todo el mundo tiene alguna cosa.

—Pues que les aproveche. A mí no me interesa.

—La gente viene, tenemos todo bien arreglado, ¿y tendré que decirle que no vendemos cerveza porque no sacamos la patente?

—¿Y por qué tienes que decirles nada?

—No hay más que colocar serpentinas y podremos despachar cerveza suelta, que deja más ganancia. El otro día vi unos vasos preciosos en Los Ángeles. Unos vasos altos. A la gente le gusta beber cerveza en ellos.

—Así es que ahora tenemos serpentina y vasos, ¿eh? Te dije que no quiero nada de cervecerías.

—Frank, ¿quieres llegar a ser algo algún día?

—Escucha, y a ver si me entiendes. Quiero irme de aquí. Quiero estar en un sitio donde no se me aparezca a cada rato el fantasma de ese maldito griego, donde no oiga su voz en sueños y donde no tenga que dar un salto por cada vez que escuche una guitarra por la radio. Tengo que irme de aquí, ¿me oyes? ¡Tengo que irme, o terminaré por volverme loco!

—Me estás mintiendo, Frank.

—¡Oh, no estoy mintiendo! Jamás he dicho una verdad más grande en mi vida.

—No es que veas el fantasma de ningún griego. No es eso. Cualquier otro hombre podría verlo, pero no el señor Frank Chambers. Lo que pasa es que quieres irte porque no eres más que un vago. Eso es lo que eras cuando llegaste aquí y eso es lo que sigues siendo ahora. Pero dime una cosa. Cuando nos hayamos ido y se nos termine el dinero que tenemos, ¿qué hacemos?

—¿Qué me importa lo que pase? Lo que quiero es que nos vayamos.

—Ya sé que no te importa. Mira. Podemos quedarnos…

—¡Lo sabía! Eso es lo que quieres: quedarte.

—¿Y por qué no? Aquí nos va muy bien. ¿Por qué no podemos quedarnos? Escúchame, Frank. Desde el día en que me conociste has estado tratando de convertirme en una vaga, pero no vas a conseguirlo. Te lo dije, no soy una vaga. Quiero ser algo en la vida. Nos quedaremos aquí. No nos vamos. Y vamos a sacar la patente para vender cerveza. Tú y yo vamos a ser alguien.

Era ya tarde, y nos hallábamos en el piso superior a medio desvestir. Ella andaba de un lado a otro, como lo había hecho aquel otro día, después del proceso, y hablaba también como entonces, espasmódicamente.

—Bueno, bueno, nos quedamos. Haremos lo que tú quieras, Cora. Vamos, toma una copa.

—¡Oh, déjame de copas!

—No seas tonta... Bebe esta copita. Tenemos que celebrar el haber cobrado todo ese dinero.

—Ya lo hemos celebrado bastante.

—Pero vamos a ganar mucho más, ¿verdad? Con la cervecería. Tomémonos dos copitas para desearnos suerte.

—Eres un chiflado. Está bien. Para desearnos suerte.

Y así siempre, dos o tres veces por semana.

Y era posible, porque cada vez que discutíamos nos poníamos a beber, y yo cada vez que bebía tenía pesadillas y oía ese espantoso crujido.

Casi al mismo tiempo de expirar la sentencia, Cora recibió un telegrama donde le decían que su madre se hallaba enferma. Metió apresuradamente unas ropas en una maleta y la acompañé hasta la estación del ferrocarril. Cuando volví, sin ella, me acometió una rara sensación: me parecía estar lleno de gas y que en cualquier momento saldría volando por el aire. Me sentía libre. Durante una semana, por lo menos, no tendría que pelear con Cora o luchar con aquellas pesadillas, ni hacerle cobrar el buen humor con una botella de whisky.

Al llegar a la playa de estacionamiento vi a una muchacha que trataba de poner en marcha su coche. Pero no podía. Apretaba todas las palancas y botones, pero como si nada.

—¿Qué pasa? ¿No puede hacerlo andar?

—Cuando el cuidador lo estacionó dejó funcionando el encendido y ahora se debe haber agotado la batería.

—Entonces se lo deben arreglar ellos. Haga que se lo paguen.

—Sí, pero es que tengo que llegar a casa.

—Si usted quiere, puedo llevarla.

—Es usted muy amable.

—Soy el hombre más amable del mundo.

—Pero si ni siquiera sabe usted donde vivo.

—Eso no tiene la menor importancia.

—Es bastante lejos. En pleno campo.

—Cuanto más lejos, mejor. Dondequiera que sea, está en mi camino.

—No se le puede decir que no.

—Ya que no se puede, no lo diga.

Era una muchacha de cabellos claros, tal vez un año o dos mayor que yo, y bastante bien parecida. Pero lo que me gustó de ella desde el primer momento fue lo cordial que se mostró y el hecho de que no pareciese tener más remedio que someterse a lo que yo podría hacerle como si yo fuese un chico o algo así. Era una mujer perfectamente capaz de cuidarse, se veía a primera vista. Y lo que me acabó de gustar en ella fue que no tenía la menor sospecha de quién era yo. Cuando ya estábamos en camino nos dijimos nuestros respectivos nombres, y comprobé que el mío no le causaba la menor impresión. ¡Qué alivio fue aquello para mí! Por fin me encontraba con una persona a la que no tenía que contarle con todo lujo de detalles el proceso por la muerte del griego y nuestra absolución. La miraba, y sentía lo mismo que al salir de la estación: que estaba lleno de gas, y saldría volando desde detrás del volante.

—Así que se llama Magde Allen, ¿eh?

—Bueno, en realidad debería llamarme Kramer, pero después que murió mi madre volví a usar mi apellido de soltera.

—Pues escúcheme una cosa, Magde Allen, o Kramer, o como usted quiera llamarse. Tengo que hacerle una pequeña proposición.

—¿Sí?

—¿Qué le parece si damos vuelta a este cachivache, lo hacemos ir hacia el sur, y usted y yo nos vamos a pasar una semana juntos por allí?

—¡Oh, no! No puede ser.

—¿Y por qué no?

—Sencillamente, porque no puede ser.

—Yo le gusto a usted.

—Claro que me gusta.

—Usted también me gusta. ¿Qué inconveniente hay?

Empezó a decir algo, no alcanzó a decirlo, y después rompió a reír.

—Me gustaría aceptar, se lo confieso; y el que sea algo que no debo hacer no significa nada para mí. Pero no puedo. Es por los gatos.

—¿Los gatos?

—Sí. Tenemos muchos, y yo soy la que los cuida. Es por eso por lo que tenía que volver a casa cuanto antes.

—¿Y acaso no hay pensiones especiales para cuidar animales? Lo único que tenemos que hacer es llamar por teléfono a una y pedirle que vaya a buscarlos.

Aquello pareció hacerle gracia.

—Me gustaría verle la cara al dueño de la pensión cuando los viese. No son de esa clase de gatos.

—¿Acaso no son todos lo mismo?

—No lo crea. Algunos son grandes y otros chicos. Los míos son grandes. No creo que una pensión de animales quisiese hacerse cargo del león que tenemos en casa, o de los tigres, el puma o los tres jaguares. Éstos son los peores. El jaguar es un felino terrible.

—¡Caramba! ¿Y qué hace usted con todos esos animales?

—Me los contratan para el cine. Y vendo los cachorros. Hay muchas personas ricas que tienen zoológicos particulares. Además, los tenemos en casa, traen gente.

—Lo que es a mí no me llevarían.

—Nosotros tenemos un restaurante y a los clientes les gusta verlos.

—Un restaurante, ¿eh? Yo también tengo uno.

Todos en este maldito Estado viven vendiéndose sándwiches unos a otros.

—El caso es que no puedo abandonar a mis felinos. Tienen que comer.

—¿Quién dijo que no puede? Llamaremos a Goebel, y le diremos que vaya a buscarlos, para tenerlos en pensión mientras nosotros hacemos esa excursioncita. No nos cobrará más de cien dólares.

—¿Y le valdrá la pena gastarse cien dólares nada más que por hacer un viajecito conmigo?

—Cien dólares y mucho más.

—¡Ay! No puedo decirle que no. Llame en seguida a Goebel.

La dejé en su casa y me fui en busca de un teléfono público. Llamé a Goebel, volví a la fonda y dejé todo cerrado. Después me fui a buscar a Madge. Había oscurecido ya. Cuando llegué, Goebel había enviado un camión y lo encontré cuando ya venía de vuelta lleno de rayas y manchas. Estacioné el automóvil a unos cien metros de su casa, y un par de minutos después llegó a ella, con una pequeña maleta. La ayudé a subir al coche y salimos inmediatamente.

—¿Te gusta?

—Me encanta.

Fuimos hasta Caliente y al día siguiente seguimos por la misma ruta hasta Ensenada, una pequeña población mexicana que está a unos cien kilómetros más al sur. Alquilamos una habitación en un pequeño hotel y nos pasamos allí tres o cuatro días. Aquello era bastante bonito. El pueblo es netamente mexicano, y se tiene la sensación de haber dejado los Estados Unidos a un millón de kilómetros de distancia. Nuestra habitación tenía un pequeño balcón, y por las tardes solíamos sentarnos allí, mirando el mar y dejando que transcurriese el tiempo.

—A propósito de esos gatos. ¿Qué haces con ellos? ¿Los amaestras?

—Con los que tenemos no es posible. No sirven. Todos, menos los tigres, son rebeldes. Pero algo les enseño.

—¿Y te gusta eso?

—Si son grandes no me gusta mucho, pero con los pumas sí me gusta. Algún día voy a preparar un buen número de circo con ellos. Pero necesitaré muchos. Tienen que ser pumas de las selvas, no esos que se ven en los jardines zoológicos.

—¿Y a cuáles llamas tú rebeldes?

—A los que pueden matarme.

—¿Y los otros no pueden?

—Tal vez, pero los rebeldes lo hacen siempre. Si fuesen personas serían locos. Les viene de ser criados en cautiverio. Esos gatos míos parecen animales como todos, pero en realidad son locos.

—¿Y cómo conoces a los de la selva?

—Porque los cazo en la selva.

—¡Cómo! ¿Los cazas vivos?

—Claro. Muertos no me servirían para nada.

—¡Diablos! ¿Y cómo los cazas?

—Te diré. Primeramente, tomo pasaje en un buque y me voy a un puerto de Nicaragua. Todos los pumas verdaderamente hermosos son de Nicaragua. Los de California y México, comparados con ellos, son piltrafas. Una vez que he llegado a Nicaragua, contrato a unos indios y me voy con ellos a las montañas. Allí cazo mis pumas. Después los traigo de vuelta. Pero la próxima vez me quedaré allí para amaestrarlos. La carne de chivo es más barata allí que la de caballo aquí.

—Parece que estuvieras completamente decidida.

—Lo estoy.

Se echó un sorbo de vino en la garganta y me miró largamente. Lo vendían en botellas de cuello largo y fino y se vertía en la boca a chorro. Era para que se mantuviera frío. Bebió dos o tres tragos, y cada vez que lo hacía me miraba.

—Lo estoy si tú también lo estás.

—¿Qué demonios estás diciendo? ¿Crees que iré contigo a cazar a esos malditos?

—Mira, Frank. He traído mucho dinero conmigo. Hagamos una cosa. Dejémosle esos gatos de loquero a Goebel. Con ellos se cobrará el importe de la pensión. Vendamos tu coche por lo que nos den y vayámonos a Nicaragua.

—Bueno.

—¿De veras vendrás conmigo?

—¿Cuándo nos embarcamos?

—Hay un buque de carga que sale mañana de aquí y toca en el puerto de Balboa. Telegrafiaremos a Goebel desde allí. Podemos dejar tu coche al dueño de este hotel. Él se encargará de venderlo y enviarnos lo que le den por él. Los mexicanos son cachazudos, pero, eso sí, honrados.

—Muy bien.

—¡Qué alegría me das!

—Yo también estoy contento. Estoy tan harto de los sándwiches y la cerveza y la torta de manzana con queso, que mandaría todo al demonio.

—Te va a gustar, Frank. Nos instalaremos en algún lugar de las montañas, donde el clima sea fresco, y después, cuando ya tenga listo mi número, podremos recorrer todo el mundo. Iremos donde nos de la gana, haremos lo que se nos antoje y tendremos dinero en abundancia. ¿No tienes nada de gitano, Frank?

Aquella noche no me fue posible dormir bien. Cuando empezaba a amanecer abrí los ojos, despierto por completo. Y se me ocurrió que Nicaragua estaba bastante lejos.

14

Cuando Cora bajó del tren traía puesto un vestido negro que la hacía parecer más alta y un sombrero también negro, igual que los zapatos y las medias. Mientras le cargaban el baúl en el coche, pareció nerviosa y no obraba como siempre.

Salimos de la estación, y durante varios kilómetros no encontramos gran cosa que decirnos.

—¿Por qué no avisaste que había muerto?

—No quise molestarte con eso. Además, tuve muchísimas cosas que hacer.

—Ahora me siento bastante arrepentido.

—¿Por qué?

—Mientras tú estabas en Iowa, hice un viaje a San Francisco.

—¿Y eso qué tiene de malo?

—No sé. Pero tú estabas allí, en Iowa, tu madre muriéndose, y yo divirtiéndome en San Francisco.

—No tienes motivos para afligirte. Me alegro mucho de que hayas ido. De habérseme ocurrido antes de irme, yo misma te hubiera dicho que fueras.

—Perdimos algún dinero, porque cerré el negocio.

—No es nada. Ya lo recuperaremos.

—Después de que te fuiste, me entró una especie de nerviosismo.

—Bueno, pero si te dije que no me importaba.

—Supongo que lo habrás pasado mal allí, ¿eh?

—Sí, no fue muy agradable. Pero ya pasó.

—En cuanto lleguemos a casa te prepararé una copa. Tengo algunas botellas de lo bueno, que traje de San Francisco.

—No, no quiero.

—Te dará ánimos.

—No volveré a beber más en mi vida.

—¿No?

—Voy a contártelo todo. Es una historia larga.

—Parece que ocurrieron muchas cosas por allá.

—No, no sucedió nada. Es por el sepelio. Pero tengo mucho que contarte. Creo que de ahora en adelante lo vamos a pasar muchísimo mejor.

—Bueno, por Dios, ¿de qué se trata?

—No, ahora no. ¿Viste a tu familia?

—¿Para qué?

—Bueno, no importa. ¿Pero te divertiste?

—Regular. Todo lo que puede divertirse un hombre solo.

—Apuesto a que lo pasaste espléndidamente, pero me alegro de que me hayas dicho eso.

Cuando llegamos a casa, había un coche estacionado frente a ella y un hombre estaba sentado al volante. Al vernos, sonrió como un bobo y bajó del automóvil. Era Kennedy, el hombre que trabajaba para Katz.

—¿Se acuerda de mí, Chambers?

—Cómo no voy a acordarme. Entre, entre.

Lo llevamos adentro y ella me hizo una seña disimulada para que la siguiera hasta la cocina.

—Esto no me gusta nada, Frank.

—¿Qué es lo que no te gusta?

—No sé, pero la presencia de este individuo aquí me da mala espina.

—Será mejor que me dejes hablar con él. Volví donde estaba Kennedy, y poco después apareció Cora con dos grandes vasos de cerveza. Inmediatamente se fue, y unos segundos después abordé la cuestión.

—¿Sigue trabajando para Katz?

—No. Lo dejé. Tuvimos una discusión y me fui.

—¿Y qué hace ahora?

—Por el momento, absolutamente nada. Por cierto que ése es, precisamente, el motivo de mi visita. Vine un par de veces en los últimos días, pero esto estaba cerrado y no había nadie. Esta vez me dijeron que usted había vuelto y me quedé a esperarlo.

—Si puedo hacer algo por usted, no tiene más que decirlo.

—Me estaba preguntando si le sería posible darme algún dinero.

—No faltaba más. Claro que sí. Naturalmente, no ando con mucho dinero encima, pero si se arregla con cincuenta o sesenta dólares, me alegrará poder facilitárselos.

—Yo tenía la esperanza de que pudiera darme más.

La sonrisa seguía estereotipada en su cara, y consideré llegado el momento de abandonar los tanteos y golpes de ensayo para descubrir lo que quería realmente.

—Bueno, Kennedy. Veamos. ¿De qué se trata?

—Voy a explicarle la cuestión. Como le dije, ya no trabajo más para Katz, y cuando me fui, ese papel que escribí para la señora Papadakis, ¿recuerda?, la confesión, estaba todavía en el archivo. Como soy un buen amigo suyo, se me ocurrió que usted no querría que ese papel quedase allí, así es que lo saqué. Pensé que a usted le agradaría tenerlo.

—¿Dice usted esa pesadilla a la que llamó su confesión?

—Sí, eso. Claro que sé que no tiene ningún valor, pero me pareció que usted preferiría tenerla en su poder.

—¿Cuánto quiere por ese papel?

—¿Cuánto pagaría usted por él?

—¡Oh!, no sé. Como usted dice muy bien, no tiene ningún valor, pero tal vez pagaría hasta cien dólares. Sí, se los pagaría.

—Yo creía que valdría más.

—¿Sí?

—Sí. Yo calculaba veinticinco mil dólares.

—¡Está loco!

—No estoy loco. Usted cobró diez mil dólares

de la póliza de seguro. Este negocio ha estado dando dinero. Calculo que habrán ganado aquí unos cinco mil dólares. Por la propiedad podrían conseguir otros diez mil en cualquier banco. Papadakis pagó catorce mil, así que ustedes podrían conseguir diez mil con toda facilidad. Bueno, todo eso hace veinticinco mil dólares.

—¿Así que por ese papel pretende dejarnos sin un centavo?

—¿No le parece que lo vale?

No hice el menor movimiento, pero Kennedy debió observar un relámpago de ira en mis ojos, porque de pronto extrajo de su bolsillo una pistola automática y me apuntó con ella.

—Que no se le ocurra hacer nada, Chambers. En primer lugar, no tengo el papel conmigo. En segundo lugar, en cuanto intente cualquier cosa lo quemo a balazos.

—No intento nada.

—Bueno. Ándese con cuidado.

Siguió apuntándome con la pistola y yo seguí mirándolo.

—Parece que me tiene atrapado.

—A mí no me parece, lo sé.

—Sin embargo, su precio es demasiado alto.

—Siga hablando, Chambers.

—Cobramos los diez mil dólares del seguro, es cierto. Y los tenemos todavía. Hemos ganado unos cinco mil dólares en el negocio, pero gastamos unos mil en la última quincena. Ella tuvo que hacer un viaje porque murió su madre y yo fui a San Francisco. Es por eso por lo que el negocio ha estado cerrado.

—Está bien, siga hablando.

—Además, no podremos conseguir diez mil dólares por la propiedad. Como están las cosas ahora, dudo hasta de que nos den cinco mil. Tal vez podríamos sacar cuatro mil.

—Siga, siga...

—Así que diez mil, cuatro mil y cuatro mil, son dieciocho mil.

Kennedy sonrió, y al cabo de un rato se puso de pie.

—Muy bien, Chambres. Digamos dieciocho mil. Mañana lo llamaré por teléfono para ver si los tiene ya. Si los ha conseguido, le diré lo que tiene que hacer. Si no los tiene, el documento irá a manos de Sackett.

—Es un asalto, pero me tiene atrapado.

—Bueno, mañana al mediodía lo llamaré por teléfono. Así tendrá tiempo de ir al banco, retirar el dinero y volver.

—Perfectamente.

Fue retrocediendo de espaldas hasta la puerta, apuntándome con la pistola. Era ya el atardecer y empezaba a oscurecer. Mientras él retrocedía, me apoyé en la pared como si necesitase sostenerme. Cuando atravesaba la puerta, encendí rápidamente el letrero luminoso, cuya luz le dio de lleno en los ojos. Quiso darse vuelta y en ese momento le apliqué un terrible golpe. Cayó y me lancé sobre él. Le torcí la muñeca para arrancarle la pistola, arrojé el arma al comedor y le di otro puñetazo. Después lo arrastré adentro, cerrando la puerta de un puntapié.

Cora estaba en la puerta de la cocina. Había permanecido allí, escuchando, durante todo el tiempo.

—Agarra la pistola.

La tomó y se quedó allí quieta. Agarré a Kennedy por las solapas y lo puse de pie. Después lo tendí sobre una de las mesas y empecé a golpearlo. Cuando perdió el sentido, llené un vaso de agua y se lo arrojé a la cara. En cuanto volvió en sí, volví a golpearlo. Y cuando su rostro parecía un pedazo de carne cruda y gimoteando como un chico, le dejé tranquilo.

—Vamos, Kennedy. Ahora mismo va a hablarles a sus cómplices por teléfono.

—No tengo cómplices, Chambers. Lo juro. Soy el único que está enterado de…

Volví a golpearlo y se repitió toda la escena. Él seguía negando que tuviese cómplices, y entonces le agarré un brazo y empecé a torcérselo.

—Muy bien, Kennedy. Ya que no tiene cómplices, voy a romperle este brazo.

Resistió mucho más de la que yo creía posible. Resistió hasta que empecé a hacer presión con todas mis fuerzas, preguntándome si me sería posible romperlo. Mi brazo izquierdo estaba todavía débil como consecuencia del accidente. Si alguna vez han intentado romper la pata de un pavo viejo, tendrán una idea de lo difícil que es romper el brazo de un hombre de esa manera.

Pero de pronto, Kennedy dijo que haría lo que yo le ordenase. Lo solté y le dije lo que tenía que decir. Después, lo llevé al teléfono de la cocina y traje el aparato del comedor, a fin de poder escuchar lo que decía y lo que respondían los otros, y al mismo tiempo vigilarlo. Cora vino con nosotros, apuntándole.

—En cuanto te haga una seña, disparas.

Ella se apoyó en la pared y una terrible sonrisa le torció la boca. Creo que aquella sonrisa. asustó a Kennedy mucho más que todo lo que yo había hecho antes.

—Pierde cuidado.

Obtuvo la comunicación y preguntó:

—¿Eres tú, Willie?

—¿Quién habla? ¿Pat?

—Sí, soy yo. Escúchame bien. Ya lo tengo todo arreglado. ¿Puedes venirte aquí con eso en seguida.

—Mejor mañana, como arreglamos.

—¿No podrías hacerlo esta noche?

—¿Y cómo quieres que vaya a la caja de seguridad, si el banco está cerrado?

—Bueno, muy bien, entonces, haz lo que voy a decirte. Mañana por la mañana, en cuanto abra el banco, sacas el papel y en seguida te vienes para aquí con él. Yo estoy aquí, en su casa.

—¿En su casa?

—Sí. Oye. Chambers sabe que lo tenemos atrapado, ¿comprendes?, pero tiene miedo de que si ella se entera de que tienen que pagar todo eso no lo vaya a dejar, ¿estamos? Si él se va, la mujer puede sospechar algo y a lo mejor se empeña en ir con él. Es por eso por lo que decidí hacerlo todo aquí. Finjo ser un tipo que se quedará a pasar la noche y ella no está enterada de nada. Mañana, cuando tú llegues, diremos que eres un amigo mío y arreglamos todo.

—¿Y cómo le va a ser posible conseguir el dinero sin salir de ahí?

—Eso está todo arreglado.

—¿Y para qué diablos vas a pasar la noche ahí?

—Tengo mis razones, Willie. A lo mejor, eso que me dijo de la mujer es un pretexto. Estando yo aquí, ni él ni ella pueden escaparse, ¿comprendes?

—¿Está oyendo él lo que dices?

Kennedy me miró y yo le hice un signo afirmativo.

—Sí, está aquí conmigo, en la cabina del teléfono. Quiero que me oiga, ¿sabes?, que se dé cuenta de que esto es una cosa seria.

—Es una manera rara de hacer las cosas, Pat.

—Mira, Willie. Ni tú ni yo podemos saber si Chambers es sincero. Pero puede que lo sea y quiero darle la oportunidad que me ha pedido. Al fin y al cabo, si el tipo está dispuesto a pagar, no perdemos nada con acceder a eso, ¿no te parece? Haz como te dije. Mañana trata de llegar aquí lo más temprano que puedas. Lo más temprano, ¿comprendes? Porque no quiero que la mujer se pregunte qué diablos hago yo aquí tantas horas. ¿Estamos?

—Bueno, bueno.

Colgó el auricular. Me acerqué a él y le di un nuevo puñetazo en la cara.

—Eso es para que diga lo que tiene que decir cuando ese individuo llame otra vez, dentro de un rato. ¿Me ha comprendido?

—Sí, sí; comprendido.

Esperé unos minutos y, efectivamente, el timbre del teléfono no tardó en sonar. Contesté yo, y cuando le di el aparato a Kennedy se reprodujo, aunque más breve, la misma conversación de antes. Pero esta vez le dijo a su cómplice que yo lo había dejado solo en la cabina. Al otro no le gustaba nada el asunto, pero al final no tuvo más remedio que acceder.

Una vez terminada la conversación telefónica, llevé a Kennedy al cobertizo número uno. Cora vino con nosotros, empuñando siempre la pistola. En cuanto lo encerramos, salí con ella y tomé el arma. Después le di un beso.

—Esto es por haber sabido hacerle frente a la borrasca. Y ahora, fíjate bien en lo que voy a decirte. No voy a dejar solo a este hombre ni un segundo. Me quedaré aquí toda la noche. Han de producirse seguramente otras llamadas de teléfono, y cada vez que llamen lo traeremos para que hable con ellos. Creo que sería mejor abrir el negocio. Pero no dejes que entre nadie. Cualquier cosa que pidan, se la sirves afuera. Esto es por si viene alguien a espiar. Así verán que el negocio funciona normalmente.

—Está bien. Oye, Frank.

—¿Qué?

—La próxima vez que pretenda hacerme la lista, haz el favor de darme una buena en la mandíbula.

—¿Qué quieres decir?

—Debimos habernos ido, ahora lo comprendo.

—No, ¡qué demonios! Primero necesitamos tener ese papel.

Entonces fue ella quien me besó.

—¿Sabes que me gustas mucho, Frank?

—No te preocupes, ya lo conseguiremos.

—No me preocupo.

Me quedé toda la noche con Kennedy, en el galpón. No le di de comer ni permití que durmiera. Tres o cuatro veces tuvo que hablarle a Willie, y otra vez Willie quiso hablar conmigo. Entre conversación y conversación le daba unos golpes. Era un trabajo duro, pero Kennedy tenía que estar tan ansioso como yo de que el papel llegara cuanto antes. Mientras él se limpiaba la sangre de la cara con una toalla, oíamos desde allí afuera la música del aparato de radio y a la gente que charlaba y reía bajo los árboles.

A eso de las diez de la mañana se presentó Cora en el cobertizo.

—Ya han llegado, Frank. Son tres individuos.

—Tráelos aquí.

Ella tomó la pistola, la puso debajo de su delantal, para que no pudiera verse de frente, y se fue. Un minuto después oí un ruido como de algo que caía. Era uno de los individuos. Cora los hacía marchar delante de ella, de espaldas y con los brazos en alto. Uno de ellos había caído al tropezar con el talón en el camino de cemento. Abrí la puerta.

—Por aquí caballeros.

Entraron, con los brazos todavía en alto, y Cora entró detrás, entregándome la pistola.

—Todos ellos traían automáticas, pero se las quité en el comedor.

—Ve a buscarlas en seguida. A lo mejor tienen otros cómplices por ahí.

Cora se fue, y un minuto después volvió con las armas. Les sacó la carga y dejó todo sobre la cama, a mi lado. Después registró a cada uno de los pistoleros. No tardó en encontrar el documento. Y lo más cómico fue que, en un sobre aparte, encontró unas reproducciones fotostáticas del mismo, seis positivas y una negativa. Por lo visto habían tenido la intención de seguir chantajeándonos, pero no se les ocurrió nada más inteligente que traer consigo las reproducciones. Tomé todas las copias, juntamente con el original, hice una pelota con todo y le prendí fuego. Cuando quedó reducido a cenizas deshice el montoncito de una patada y volví al cobertizo.

—Muy bien, muchachos. Ahora les enseñaré el camino de vuelta. La artillería la dejamos aquí.

Después de que los acompañé hasta sus coches, y partieron, volví al cobertizo, Cora no estaba. Fui a la cocina, tampoco estaba. Subí. Se hallaba en el dormitorio.

—Bueno, éste es asunto acabado. Con reproducciones y todo, ¿eh? Me tenía bastante preocupado.

No me contestó y observé una mirada rara en sus ojos.

—¿Qué te pasa, Cora?

—Asunto acabado, ¿eh? Con reproducciones y todo. Para mí no está acabado. Tengo un millón de copias, tan buenas como aquéllas. Un millón.

Se echó a reír nerviosamente y se dejó caer sobre la cama.

—Bueno. Si eres tan tonta que quieres meter tu propio cuello en el lazo, nada más que para perjudicarme, claro que las tienes. Un millón.

—No, querido. Lo mejor de todo es que yo no

me exponga a nada. ¿No te lo dijo acaso Mr. Katz? Como la sentencia ha sido de homicidio por imprudencia, no pueden hacerme ya nada. Está en la Constitución o algo así. No, no, señor Frank Chambers. No me va a costar absolutamente nada hacerte bailar en el aire. Y eso es lo que vas a hacer. Bailar, bailar, bailar.

—¿Pero se puede saber qué mosca te picó?

—¿Acaso no lo sabes? Tu amiga salió anoche, y, como tú te cuidaste muy bien de no hablarle de mí, no sabía ni que yo existiese. Pasó la noche aquí.

—¿Qué amiga?

—Ésa con la cual fuiste a México. Me lo contó todo. Ahora somos excelentes amigas. Ella consideró conveniente que fuésemos amigas. Cuando descubrió quién era yo, pensó que podría matarla.

—No he estado en México desde hace más de un año.

—Ya lo creo que has estado.

Salió y la oí dar vueltas por mi habitación. Cuando volvió, traía un cachorro de gato, pero era un cachorro mucho más grande que un gato ya desarrollado. Era gris y tenía unos manchones en el cuerpo. Lo puso sobre la mesa, frente a mí, y el animal empezó a maullar.

—La puma tuvo cría mientras ustedes estaban de viaje, y Magde te trajo este cachorro para que la recuerdes.

Se apoyó contra la pared y empezó a reír otra vez con una risa salvaje.

—¡El gato ha vuelto! Pisó un tapón de la luz y se carbonizó, pero ahora ha vuelto. Ja, ja, ja, ja! ¿No te parece cómico, Frank, la mala suerte que te traen los gatos?

15

Entonces estalló y rompió a llorar. Al cabo de un rato se tranquilizó y bajó. Yo me fui detrás de ella sin perder un solo instante. La encontré rompiendo las solapas de una gran caja de cartón.

—Estoy haciendo un nido para nuestra pequeña mascota, querido.

—Está muy bien de tu parte.

—¿Qué pensaste que estaba haciendo?

—No pensé nada.

—No tengas miedo. Cuando llegue el momento de llamar a Sackett, te lo diré francamente. Quédate tranquilo, porque entonces necesitarás de toda tu fortaleza.

Acomodó unos trapos dentro de la caja, la llevó arriba y metió el cachorro en ella. El animalito maulló un rato y después se quedó dormido.

Bajé a prepararme una copa, y apenas había empezado a mezclar las bebidas apareció Cora.

—Estoy preparándome algo para mantener mi fortaleza, querida.

—Haces muy bien.

—¿Qué pensaste que estaba haciendo?

—No pensé nada.

—No tengas miedo. Cuando me prepare a escapar te lo diré francamente. Quédate tranquila, que quizás necesites de toda tu fortaleza.

Me miró de una manera rara y se fue arriba.

Así pasamos todo el día: yo siguiéndola a ella por miedo de que llamase a Sackett y ella siguiéndome a mí por miedo de que me fuese. Ni siquiera abrimos el negocio. De cuando en cuando nos pasábamos un rato sentados en el dormitorio. No nos mirábamos.

Observábamos el pumita. Cuando el animal maullaba, ella iba abajo a buscarle leche y yo la acompañaba. Después de tomarse la leche el cachorro se quedaba dormido otra vez. Era demasiado chico todavía para jugar. Se pasaba el tiempo maullando o durmiendo.

Aquella noche estuvimos tendidos en la cama uno junto al otro, sin decir palabra. Debí haber dormido, porque tuve aquellas malditas pesadillas. De pronto desperté y casi antes de haber abierto los ojos del todo ya corría escaleras abajo. Lo que me había despertado era el pequeño ruido del disco del teléfono al ir marcando los números. Cora estaba junto al aparato del comedor, vestida y con el sombrero puesto; en el suelo, al lado de ella, vi una sombrerera. Le saqué violentamente el auricular y lo colgué. La tomé de los hombros, la llevé a empujones por la mampara y la obligué a subir la escalera.

—Subе, sube o te...

Sonó el teléfono y corrí a responder.

"—Ahí tiene el número que pedía. Hable.

"—Servicio de taxis.

"—Ah, sí. Había llamado, pero cambié de idea.

"—Está bien."

Cuando subí nuevamente al dormitorio, ella

se estaba desnudando. Nos acostamos otra vez y permanecimos quietos, uno al lado del otro, sin decir una palabra. De pronto me preguntó:

—¿Qué quisiste decir cuando dijiste "Sube, sube o te..."?

—No te importe. O te doy un buen golpe, probablemente. O tal vez otra cosa.

—Era otra cosa, ¿verdad?

—¿Qué quieres decir?

—Frank. Sé perfectamente lo que has estado meditando. Mientras estabas allí tendido, has estado pensando de qué manera podrías matarme.

—He estado durmiendo.

—No me mientas, Frank. Porque yo no voy a mentirte y tengo algo que decirte.

Medité sobre lo que me había dicho, un buen rato. Porque eso era lo que había estado haciendo. Estar tendido junto a ella pensando en la manera de matarla.

—Está bien. Tienes razón.

—Lo sabía.

—¿Crees que tú eres mejor que yo? ¿Acaso no estabas decidida a entregarme a Sackett? ¿No es la misma cosa?

—Sí.

—Entonces estamos a mano. A mano otra vez. Como cuando empezamos, ¿eh?

—No, no es así.

—Sí que es.

Fui yo entonces quien rompió en sollozos, hundiendo mi cabeza en su pecho.

—Estamos como al principio. Podemos tratar de engañarnos todo lo que se nos antoje, y reírnos del dinero y burlarnos de Dios y del diablo, pero la verdad es que estamos como al principio. Yo me iba a escapar con esa mujer, Cora. Íbamos a Nicaragua a cazar pumas. ¿Por qué no me fui? ¡Porque me di cuenta de que tenía que volver! Estamos condenados el uno al otro, Cora. Creímos estar en la cima de una montaña, pero no era así. La montaña está encima de nosotros, y así ha estado desde aquella noche.

—¿Es ésa la única razón por la cual volviste?

—No. La razón somos tú y yo. No hay nadie más. Te quiero, Cora. Pero el amor, cuando en él hay miedo, deja de ser amor. Es odio.

—¿Así que me odias?

—No lo sé. Pero por primera vez en la vida estamos hablando con la verdad en los labios. Esto es parte de ella, tenías que saberlo. Y es la razón de lo que estaba pensando hace un rato. Ahora ya lo sabes.

—Hace un instante te dije que tenía que decirte algo.

—Es cierto.

—Voy a tener un hijo.

—¿Qué?

—Lo sospechaba ya antes de irme a Iowa, pero después que murió mi madre ya tuve la seguridad absoluta.

—¡Cora, diablos! Ven aquí, dame un beso.

—No, no, por favor. Tengo que contártelo todo.

—¿No me lo has dicho ya?

—No. Espera y escúchame, Frank. Durante todo el tiempo que pasé allí, esperando el sepelio, pensé en lo que eso significaría para nosotros. Porque entre los dos hemos arrebatado una vida, ¿verdad? Y ahora vamos a dar una vida.

—Tienes razón.

—Mis pensamientos eran muy confusos. No me sería posible denunciarte a Sackett, Frank. No me sería posible, porque no podría tener ese hijo para que un día se enterase de que había dejado que a su padre lo colgaran por asesinato.

—Pero hace un rato ibas a ver a Sackett.

—No, Frank. Iba a irme.

—¿Y es ésa la única razón por la cual no querías denunciarme a Sackett?

Tardó unos minutos en contestar a mi última pregunta.

—No, te quiero, Frank. Creo que tú lo sabes, ¿verdad? Pero de no mediar ese hijo que espero, quizás habría ido a contárselo todo a Sackett. Y precisamente porque te quiero.

—Esa mujer no ha significado nada para mí. Cora. Te dije ya por qué lo hice. Quería escapar de ti.

—Ya lo sé. Lo supe siempre. Como supe también por qué querías sacarme de aquí. Entonces te dije que eras un vago, pero en realidad no lo creía. Estaba segura de que no era ése el motivo que te impulsaba a marcharte. Eres un vago, pero yo por eso te quiero; y a ella la odié a causa de qué te traicionó sólo porque no le quisiste contar algo que nunca debió importarle. Sin embargo, quería perderte por eso.

—¿Cómo?

—Estoy tratando de decírtelo, Frank. Quería perderte y sin embargo no me era posible ir a ver a Sackett. No porque tú me estuvieses espiando.

Podía haberme escapado perfectamente y llegar hasta él. Fue por lo que te dije. Bueno, ahora se que, por fin, estoy definitivamente libre del diablo. Sé que jamás llamaré a Sackett, porque tuve la oportunidad, y los motivos, pero no lo hice. El diablo, me ha abandonado. Pero ¿te ha dejado libre a ti?

—Si te ha dejado libre a ti, ¿qué tengo que hacer yo con él?

—Nunca podremos estar seguros, a no ser que tú tengas también la misma oportunidad que yo he tenido.

—Te digo que me dejó libre.

—Mientras tú pensabas en alguna manera de matarme, Frank, yo pensaba en lo mismo: en cómo podrías eliminarme. Puedes matarme en el mar, mientras estemos nadando. Nos iremos lejos, como aquella vez, y si no quieres que yo vuelva no tienes por qué dejarme volver. Nadie lo sabrá jamás. Será simplemente una de esas cosas que ocurren con tanta frecuencia en las playas. Iremos mañana por la mañana.

—Lo que vamos a hacer mañana por la mañana es casarnos.

—Podemos casarnos si lo deseas, pero antes de volver aquí vamos a ir a la playa.

—¡Que se vaya al diablo la playa, la natación y todo! ¡Vamos, venga ese beso!

—Mañana por la noche, si regresamos, tendrás todos los besos que quieras. Besos deliciosos, Frank, no besos borrachos. Besos de ensueño, llenos de vida, no de muerte.

—Muy bien, esperaré hasta mañana.

Nos casamos en la municipalidad y después nos fuimos a la playa.

Cora estaba tan hermosa que yo sólo quería jugar con ella en la arena, como un chiquillo; pero ella tenía una pequeña sonrisa en su rostro, y de pronto se levantó y se acercó al agua.

—Voy a nadar.

Ella iba delante y yo detrás. Siguió nadando hasta internarse mucho más que la vez anterior. De pronto se detuvo y la alcancé. Se puso a mi lado y me tomó una mano. Nos miramos fijamente a los ojos. Y en aquel instante comprendió que el diablo me había dejado, que yo la amaba.

—¿Nunca te dije por qué me gusta ponerme con los pies hacia las olas?

—No.

—Es para que me los levanten.

Una gran ola nos levantó y ella se puso una mano sobre los pechos, para que yo viese cómo el agua los levantaba.

—Me gusta, Frank. ¿Están grandes?

—Esta noche te lo diré.

—Los siento muy grandes. No te dije nada sobre esto. No se trata solamente de saber que uno va a dar al mundo otra vida. Es lo que eso le hace a una. Siento los pechos hinchados y me dan ganas de besarlos. Muy pronto, mi vientre estará también hinchado y eso me gustará y desearé que todo el mundo lo vea. Es la vida. Lo siento dentro de mí. Es una nueva vida para nosotros dos, Frank.

Iniciamos el regreso a la orilla y yo buceé, hundiéndome unos tres metros, según calculé por la presión del agua. Hice un enérgico movimiento de piernas y me hundí todavía más. El agua empezó a metérseme en los oídos hasta que me dio la impresión de que iban a estallar. No tenía prisa por subir. La gran presión del agua en los pulmones lleva el oxígeno a la sangre y por unos cuantos segundos uno no piensa en respirar. Miré el agua, verde y límpida. Y con aquel ruido en los oídos y el peso opresor en la espalda y el pecho, me pareció que acababa de expulsar para siempre todo lo que tenía de mezquino, de inútil y de despreciable en mi vida, y que me hallaba listo para reanudarla, limpio junto a ella, y hacer lo que ella decía: tener una nueva vida.

Cuando subí de nuevo a la superficie, Cora estaba tosiendo.

—¿Qué te pasa?

—Nada. Una de esas descomposturas repentinas que en seguida se pasan.

—¿Tragaste agua?

Avanzamos un trecho y ella se detuvo otra vez.

—Frank, siento algo raro adentro.

—A ver, tómate de mí.

—¿Será por el esfuerzo que hice para mantener la cabeza?

—Calma, calma, no te agites.

—Sería horrible, Frank. Muchas mujeres abortan como consecuencia de un esfuerzo.

—Calma, calma. Extiéndete bien en el agua. No trates de nadar. Yo te remolcaré.

—¿No será mejor que llames a un bañero?

—No, mujer. Si lo llamo querrá hacerte mover las piernas y los brazos y eso sería peor. Quédate quieta y no te preocupes, que en seguida estaremos en la orilla.

La fui remolcando, llevándola del tirante de su traje de baño. Empecé a cansarme. Normalmente hubiera podido llevarla diez veces aquella distancia, me di en pensar que tendría que conducirla rápidamente a un hospital y eso me hizo aumentar las brazadas. Sin embargo, al cabo de un rato toqué fondo, y tomándola en brazos corrí con ella hacia la orilla.

—No te muevas. Déjame hacer a mí.

—No me moveré.

La llevé alzada hasta el lugar donde habíamos dejado la ropa y la deposité en tierra. Saqué la llave del coche, envolví a Cora en las salidas de baño y la llevé al automóvil, que estaba estacionado al costado del camino. Para llegar a él tuve que subir la loma sobre la cual se hallaba. Tenía las piernas tan cansadas que apenas podía moverlas, pero al fin conseguí sentarla en el coche, y subiéndome, empuñé el volante y salí a toda velocidad.

Estábamos a unos tres kilómetros de Santa Mónica, ciudad en la que había un hospital. A toda marcha, alcancé un camión. Llevaba un letrero en la parte posterior que decía: "Toque la bocina; el camino es suyo". Toqué la bocina lo más fuerte que pude, pero siguió por el centro del camino. No me era posible pasarlo por la izquierda porque en sentido inverso venía una larga fila de coches. Desvié hacia la derecha y aceleré a fondo. Cora lanzó un grito. No había visto la cañería. Oí un espantoso estruendo y después no supe nada más.

Cuando recuperé el conocimiento, me encontré encajado al lado del volante, de espalda al frente del coche. Oí algo espantoso que me hizo gemir. Era como si la lluvia cayera sobre una chapa de cinc, pero no era aquello. Era la sangre de Cora que goteaba sobre el capot, a donde su cuerpo había ido a parar después de atravesar el parabrisas. Se oían sonar muchas bocinas y la gente venía corriendo a auxiliarla. La levanté e intenté contener la sangre, mientras le hablaba y lloraba, y la cubría de besos. Pero aquellos besos no llegaron. Estaba muerta.

16

Me condenaron a muerte. Katz se lo llevó todo esta vez: los diez mil dólares que antes había cobrado para nosotros, el dinero que habíamos ganado y una escritura por la propiedad. Hizo cuanto pudo por salvarme, pero estaba vencido de antemano. Sackett dijo que yo era un perro rabioso, al que era necesario eliminar en pro de la seguridad colectiva.

Tenía su historia admirablemente preparada. Cora y yo habíamos asesinado al griego para quedarnos con su dinero, y yo después me había casado con ella y luego la había matado para que todo fuese mío. Dijo que el crimen había sido apresurado al descubrir Cora mi aventura con Madge. Mostró el informe del médico judicial que había practicado la autopsia y por el cual se revelaba que Cora iba a ser madre; dijo que era parte del plan. Llevó a Madge como testigo y ella contó nuestro viaje a México. No lo hizo de buena gana, pero no tuvo más remedio.

Hasta el cachorro de puma presentó en la sala de audiencias. Había crecido bastante, pero como nadie se había preocupado de cuidarlo estaba flaco y sucio, e intentó morderlo. El aspecto de aquel pobre animal me hizo daño. Pero lo que realmente me perdió fue la nota que Cora había escrito antes de pedir el taxi por teléfono. La había puesto en el cajoncito de la caja registradora para que yo la encontrase a la mañana siguiente, y después se olvidó por completo de ella. Yo no había alcanzado a verla porque a la mañana siguiente, cuando nos fuimos a la playa, no abrimos el negocio. Era una nota cariñosísima, pero Cora hacía una alusión a la muerte del griego y eso fue lo decisivo. La audiencia duró tres días y Katz luchó contra ellos echando mano de todas las leyes de Los Ángeles; pero al final no tuvo más remedio que declararse vencido. Sackett dijo que esa nota revelaba el motivo que me había llevado a asesinarla. Eso, y el hecho de ser un verdadero perro rabioso. Katz ni siquiera me permitió declarar. ¿Qué podía yo decir? ¿Qué no la había asesinado, porque Cora y yo habíamos puesto fin a nuestras disputas sobre la muerte del griego? ¡Hubiera estado bueno!

El jurado deliberó sólo cinco minutos. Y el juez dijo que me tendría la misma clemencia que podría concederle a un perro rabioso.

Es así que ahora estoy en capilla, escribiendo las últimas líneas de este relato, para que el padre McConnell pueda revisarlo y me muestre los lugares donde tal vez haya que arreglarlo un poco, por la puntuación y todo eso. Si me suspenden la condena, el padre lo guardará a la espera de lo que ocurra. Si se me conmuta la pena, lo quemará y nadie sabrá jamás si hubo o no asesinato. Pero si me ejecutan, ya le he encargado que busque alguien que lo edite. Ya sé que no habrá suspensión ni conmutación. En ningún momento me he dejado engañar por la esperanza. Pero en este tétrico lugar uno siempre espera algo, porque resulta imposible evitarlo. Nunca confesé nada. Eso ya es algo. He oído decir que nunca ejecutan a un reo que no haya confesado. No sé. A no ser que el padre McConnell me traicione, jamás sabrán una palabra por mí. Tal vez me concedan una suspensión.

Me estoy sintiendo borracho, y he estado pensando mucho en Cora. ¿Sabrá ella que no lo hice intencionalmente? Después de lo que nos dijimos mientras nadábamos en el mar, es seguro que lo sabrá. Pero eso es lo terrible, cuando uno juega con la muerte. A lo mejor, en el momento del choque, le atravesó la mente la idea de que era deliberado. Es por eso por lo que tengo la esperanza de que haya otra vida después de ésta. El padre McConnell me ha asegurado que la hay y yo quiero ver a Cora. Quiero que sepa que todo lo que nos dijimos era cierto, y que no lo hice intencionalmente. ¿Qué tenía ella que me hace sentir de esta manera? No sé. Quería algo y trató de conseguirlo. Lo intentó por todos los medios malos, pero lo intentó. No sé qué fue lo que la llevó a quererme, porque me conocía perfectamente. Infinidad de veces me dijo que yo no servía para nada. En realidad, lo único que quise en este mundo fue a ella. Pero eso es bastante. No creo que muchas mujeres consigan ni siquiera eso.

En el número 7 hay un individuo que mató a su hermano y dice que no fue él quien lo hizo, sino su subconsciente. Le pregunté qué significaba eso y me contestó que todos tenemos dos "yo", uno que conocemos y otro que ignoramos, porque es subconsciente. Eso me impresionó. ¿La habré matado, y no lo sé? ¡Dios mío, no puedo creerlo! ¡No, no lo hice! La quería tanto en ese momento, que hubiera dado mi vida por ella. ¡Que se vaya al diablo esa subconciencia! No creo en ella. No es más que una sarta de mentiras que ese hombre inventó para ver si podía engañar al juez. Cuando uno hace una cosa sabe perfectamente que la está haciendo. Y yo sé que no maté a Cora. Eso es lo que voy a decirle si alguna vez vuelvo a verla.

Estoy bastante borracho ahora. Creo que a uno le dan drogas en las comidas para que no piense en nada. Yo trato de no pensar. Siempre que puedo, me imagino estar con Cora, con el cielo sobre nosotros y el agua en derredor, hablando de lo felices que vamos a ser y cómo nuestra felicidad será eterna. Me parece estar en el cielo, cuando estoy allí con ella. Eso es lo que parece cierto, acerca de la otra vida, y no todo eso que dice el padre McConnell. Cuando estoy con ella creo en eso. Pero en cuanto empiezo a figurármelo como dice él todo queda en nada.

No hay suspensión de condena.

Ahí vienen. El padre McConnell dice que las oraciones ayudan. Si llegaron hasta aquí, eleven una por mí y por Cora, para que estemos juntos, sea donde sea.

FIN